Heinrich Smidt

Binnen der rothen Tonne

Novellenbuch der Nieder-Elbe - 4. Band

Heinrich Smidt

Binnen der rothen Tonne

Novellenbuch der Nieder-Elbe - 4. Band

ISBN/EAN: 9783956973147

Auflage: 1

Erscheinungsjahr: 2014

Erscheinungsort: Treuchtlingen, Deutschland

Literaricon Verlag Inhaber Roswitha Werdin, Uhlbergstr. 18, 91757 Treuchtlingen

www.literaricon.de

Dieser Titel ist ein Nachdruck eines historischen Buches. Es musste auf alte Vorlagen zurückgegriffen werden; hieraus zwangsläufig resultierende Qualitätsverluste bitten wir zu entschuldigen.

Binnen der rothen Tonne.

Novellenbuch der Niederelbe.

Von

Heinrich Smidt.

Vierter Band.

Berlin, 1865.
Verlag von Otto Janke.

Inhalt des vierten Bandes

		Seite
1.	Neuwerk und Kugelbaak	1
2.	Das war vordem!	75
3.	Im Moor . . .	. 183
4.	Mein oder Dein?	. 255

Neuwerk und Kugelbaak.

Neuwerk und Kugelbaak.

Es ist mondhell. Kein Hauch bewegt die Atmo=
sphäre. Wie ein metallener Spiegel glitzert die Fluth.
Nirgends die leiseste Regung, soweit das Auge nach
allen Compaßrichtungen schauen kann.

Die beiden Leuchtfeuer auf der Insel Neuwerk
brennen hell. Die Lampenwächter sitzen vor der leuch=
tenden Kuppel mit halbgeschlossenen Augen und träu=
men von den goldenen Tagen, da diese Sandbüne
noch ein mächtiges Königreich war.

Auf dem großen steinernen Thurm, dessen Feuer
am weitesten leuchtet, saß bei dem alten Lampenwärter
ein junger Seemann. Er stieß den Alten an, der
wieder eingenickt war, und fragte lachend:

„Wer war der blaue Vogel mit dem goldenen
Schnabel, Vater Matthes?"

„Der Blumenprinz von Terschelling war es," sagte der Alte mürrisch. „Warum störst Du mich bei meinem Geschäft, da Du es recht gut weißt?"

„Brecht doch einen Augenblick von Euerm schweren Dienst ab," fuhr Jener lachend fort, „und erzählt endlich das Märchen zu Ende. Hundert Mal fangt Ihr es an und immer kommt Etwas dazwischen, ehe es aus ist. Also, es gab eine Zeit . . ."

„Freilich gab es eine Zeit, wo das junge Volk noch nicht übermüthig war und die alten Leute nicht mit lautem Schwatzen störte, wenn diese bei ihrem Werke waren. Frage morgen wieder an."

„Ihr wißt wohl, Vater Matthes, daß ich morgen vor der Ebbezeit nach der fasten Wall muß. Es beginnt hier Mancherlei zu fehlen und wir brauchen Vorrath. Ich habe der Dore Busch versprochen, wenn ich wieder nach Cuxhaven käme, ihr das Märchen von Neuwerk zu erzählen, und wenn Ihr mir nicht aus der Noth helft, muß ich mit Schanden bestehen."

„Nun denn! Um Dich loszuwerden und damit Du morgen flinke Beine machst."

Vater Matthes rückte sich zurecht und erzählte: „Dies Eiland war ein schönes Königreich und hatte mehr goldene Schlösser, als jetzt baufällige Hütten.

In dem größten dieser Schlösser wohnte die Königin und diese Königin hatte eine Prinzessin, die so lieb und gut war, daß Jedem das Herz im Leibe lachte, wenn er sie zu sehen bekam, weshalb sie auch Prinzessin Augentrost hieß. Viele junge Prinzen bewarben sich um sie, aber sie mochte Keinen und wies Jeden ab, denn sie liebte insgeheim den Blumenprinzen von Terschelling, der stets auf einer Wolke zu ihr kam, die aus dem Geruch von Blumen zusammengesetzt war. Dieser Duft war so süß, daß alle Bewohner des Schlosses in einen leisen Schlaf fielen, wenn die Wolke heran schwebte, und darum wußte Niemand etwas von dieser Liebe."

„Möchte eine solche Wolke einfangen und sie der Dore Busch mit nach Cuxhaven nehmen," sagte der junge Seemann. Der alte Lampenwärter lächelte und fuhr fort:

„Claus Peters, die Dore Busch ist zu derbe für ein so leichtes Gespinnst. Hielt auch damals nicht lange fest, denn der Wasserkönig von Wangeroog, der zugleich ein Hexenmeister und ein Riese war, legte sich dazwischen und die Herrlichkeit hatte ein Ende."

„War das ein solches Ungethüm, Vater Matthes?" fragte Claus Peters.

„Ja, Söhnchen. Der Kerl maß zehn Hamburger

Ellen, die Beine nicht mitgerechnet. Wenn er sich auf die Zehen stellte, sah er über das Schloßdach weg in den Garten der Prinzessin Augentrost und bei dieser Gelegenheit entdeckte er den Prinzen von der Blumeninsel Terschelling, der vor seiner Liebsten kniete." .

„Hätte es an seiner Stelle eben so gemacht," sagte Claus Peters. „Aber bei der Dore Busch ist das nicht nöthig."

„Nimm Dich nur in Acht, daß sich bei Dir und Deiner Dore nicht auch ein Freier einfindet, wie bei der Prinzessin Augentrost der Wasserkönig von Wangeroog. Als der das Liebespaar entdeckte, schrie er vor Zorn laut auf, schwur hoch und theuer, wenn die Prinzessin ihn nicht heirathe und den jungen Laffen laufen lasse, werde er diesen verhexen. Und die Prinzessin solle schmählich im Wasser umkommen, wenn sie ihm nicht in sein Königreich folge. Da entstand Noth und Wehklagen."

„Will es glauben!" sagte Claus Peters nachdenklich. „Das ist gerade, wie mit der Dore Busch. Der läuft auch ein alter häßlicher Kerl als Freier nach, das ist der Deichvoigt Dirksen Dölln. Aber der Wasserkönig macht mir zu viele Umstände. In seiner Stelle hätte ich meine Prinzessin auf den Arm genommen und wäre mit ihr durch die Watten nach Wangeroog gegangen. Wer hätte es ihm wehren wollen?"

„Das war nicht angängig," sagte Vater Matthes erklärend. „In der Riesenzeit konnte eine Prinzessin zu keiner Heirath gezwungen werden, sondern mußte freiwillig an den Altar treten. Als die Prinzessin laut zu weinen anfing und ein für alle Mal erklärte, daß sie von dem ungeschlachten Riesen nichts wissen wolle, fing dieser an zu brüllen, daß man glaubte, es gäbe mindestens eine Donnerbö, und stieß gräßliche Verwünschungen aus. Hätte er es nur bei den Worten bewenden lassen! Aber er machte seine bösen Worte auf der Stelle wahr. Den Blumenprinzen verwandelte er in einen blauen Vogel mit goldenem Schnabel, steckte ihn in einen silbernen Käfig und setzte sich diesen wie eine Mütze auf den Kopf. Dann fing er an, das schöne Inselreich zu unterwühlen, bis es zusammen fiel und mit der Prinzessin sammt ihrer Mutter und allen Unterthanen in die Tiefe sank. Und als dies geschehen war, holte er einen der Sandberge von den Helgoländer Dünen und deckte diesen darüber, worauf das Eiland dieselbe Gestalt annahm, die es noch jetzt hat, nur daß die beiden Leuchtfeuer noch nicht darauf standen. Der verzauberte Prinz ließ in seinem Bauer die Flügel

hängen und krächzte gar trübselig, da er in Wange=
roog anlangte. Als es nun jährig ward, sagte der
Wasserkönig, indem er den Käfig öffnete: "Fliege nach
Neuwerk und frage Deine schöne Prinzessin, ob sie
sich besonnen hat; dann komme flugs zurück und Du
sollst wieder über ein Jahr dieselbe Erlaubniß haben."

"Potz Blitz, Vater Matthes," sagte Claus Peters.
"Ich bin neugierig, was ihm die Prinzessin für eine
Antwort giebt."

"Er bekam keine Antwort. Aber als er sich auf
den Sandhügel von Neuwerk niederließ, fand er seine
menschliche Stimme wieder und sagte, so laut er
konnte: ""Harre in Geduld. Jedes Mal, wenn ich
hierher komme, nehme ich von der Erde, die Dich
deckt, so viel mit mir hinweg, als ich tragen kann,
und der treuen Liebe soll es doch endlich gelingen,
Dich zu befreien."" Und als er dies gesprochen hatte,
pickte er mit seinem Schnabel ein Sandkorn auf und
ließ es weit weg von dem Eilande in die See fallen."

Vater Matthes schwieg und stocherte seine Lam=
pen auf. Claus Peters sah nachdenklich vor sich hin
und sagte:

"Der arme Blumenprinz. Aber komme das
Schlimmste zum Schlimmen, in den Sand begraben

wird der Deichvoigt die Dore Busch nicht können und wenn er es wollte . . . ."

Claus Peters sagte Nichts weiter, allein er ballte drohend die Faust. Vater Matthes, der es merkte, sah ihn ernst an und sagte:

"Nein, Claus Peters. Vergraben wird Dirksen Dölln die Dore Busch nicht und in einen Vogel wird er Dich auch nicht verwandeln. Aber der Deichvoigt ist ein vermögender Mann und der Vater der Dirne ist ein habsüchtiger Geizhals. Genug von dem Märchen. Allmählich kommt der Tag und ich kann bald meine Lampen auslöschen und in die Koje kriechen. Es wird in einer halben Stunde Hochwasser sein und die Ebbe zu laufen beginnen. Rüste Dich zu Deiner Wanderung. Und höre! Wenn Du Dich in Cuxhaven umthun willst und einen Capitain findest, der einen Platz für Dich am Bord hat, greife zu. Ist die Heuer auch nur geringe; ein Schilling kommt zum andern und es ist immer besser, außerhalb der rothen Tonne sein Glück zu suchen, als binnen derselben den Tag zu verschlafen und die Nacht bei den Lampen zu sitzen, wie ich es mein Lebtage gethan habe."

"Will sehen, was sich machen läßt," sagte Claus Peters. "Aber dem Deichvoigt lasse ich die Dore Busch nicht. Eher breche ich ihm das Genick."

„Mache, daß Du in See kommst, Junge!" rief Vater Matthes, indem er die letzte der Lampen auslöschte. „Du weißt, daß erst jenseits der rothen Tonne der Mond an zu drehen fängt."

„Wie das, Vater Matthes?"

„War zu meiner Zeit so, mein Junge. Ihr habt es jetzt besser. Euer Mond dreht, sowie Ihr an Bord kommt. In meinen jungen Jahren arbeiteten wir für die Kost und das Monatsgeld, für das man sich verdang, wurde erst von dem Tage an gerechnet, wo das Schiff in See ging, und hörte wieder auf, wenn man nach der Rückkehr zum ersten Male binnen der rothen Tonne ankerte. Und darum sagte ich: Jenseits der rothen Tonne dreht der Mond. Nun gehe und schreite weit aus, damit unsere Geschäfte bald und gut besorgt werden."

„Will so thun!" sagte Claus Peters im Gehen. Aber Schritt um Schritt gingen der Wasserkönig von Wangeroog und der Deichvoigt vor ihm her und Beide waren Eins.

—

Unweit vom Leuchtthurm zu Cuxhaven griff der Außendeich damals ein beträchtliches Stück in den Strom hinein, das jetzt verschwunden ist. Dort stand eine baufällige Hütte, die darum merkwürdig war, daß die Stürme und Wasserfluthen sie bislang immer verschonten. Darin hausete Zachäus Busch, ein zusammengetrockneter Kerl mit einem verschrobenen Gesicht und ruhelosen Augen. Die ganze Figur war durchsichtiger, als der fadscheinige Rock, der sie bedeckte, und die Finger krallten sich unwillkührlich fest ineinander, als hielten sie Etwas, das sie nur mit dem Leben fahren lassen wollten.

In der Hütte selbst sah es jämmerlich aus. Man gewahrte gleich, daß hier keine ordnende Hand thätig war. Und er hatte es doch dazu, der Geizhals. Seine Tochter, die Dore, würde schon gesorgt haben, wie es einer rechtschaffenen Haushälterin zukommt. Aber dann hätte Zachäus Busch sie kleiden und nähren müssen, was ihm aber nicht in den Sinn kam. Nach seinem Willen ging sie in einen Dienst, damit er die Kost sparte. Und wenn der Lohn fällig war, holte er ihn von der Herrschaft ab, um, wie er sagte, das Geld für sein leichtsinniges Kind sicher zu stellen. Die Leute lachten, denn sie wußten wohl, wie es mit dem Sicherstellen gemeint war. Der Geizhals sperrte die paar sauer verdienten Thaler zu den übrigen in seinen Kasten und ließ das Kind in Lumpen einher gehen. Manche Dirne wäre bei solcher Behandlung desperat geworden; allein die Dore Busch ward es nicht. Sie hatte den Kopf stets oben, absonderlich aber an solchen Tagen, wenn der Claus Peters von Neuwerk herüber kam, sobald die Ebbe die schmale Furth trocken gelegt hatte, die von der Insel nach dem Festlande führte. So war die Dore Busch auch in das Haus des Deichvoigts gekommen, dem die schmucke Dirne wohl gefiel. Dirksen Dölln glaubte, er dürfe als ein reicher Hans nur zugreifen, so werde sie sich mit allen zehn Fingern an ihn klammern. Aber sie ließ ihn derbe ablaufen und verließ sein Haus auf der Stelle, zum großen Leidwesen des Vaters, dem sie nun für einige Zeit wieder zur Last fiel.

Aber Deichvoigt Dirksen Dölln war nicht der Mann, der sich Etwas nehmen ließ, was er schon mit der Hand zu halten glaubte. Die Dore Busch war ihm an das Herz gewachsen und als er sah, daß er sie um keinen geringeren Preis bekommen konnte, ging er zu dem Vater und hielt um die Dirne an.

So fest hatte Zachäus Busch die Finger noch nicht in einander gekrallt, als bei diesem Antrage. Allein seine Wuth kannte keine Gränzen, als die Dore ihm erklärte, sie wolle nun und nimmer die Frau des Deichvoigts werden, es möge das Aergste daraus ent=
stehen. Sie sah dabei so entschieden aus und es

leuchtete ein solches Feuer aus ihren Augen, daß der Vater kein Wort vorbrachte und der Deichvoigt, der dabei war, den Mund vor Verwunderung weit aufsperrte.

„Eine Donnersdirne das!" sagte Dirksen Dölln, als Dore Busch hinausgegangen war.

„Eine Dornersbirne!" brummte Zachäus Busch hinterdrein. „Was fange ich mit ihr an?"

„Was Ihr mit der Dore anfangt? Das will ich Euch sagen: Ich bin der Deichvoigt."

Zachäus Busch sah den Deichvoigt verwundert an. Dieser zuckte mitleidig die Achseln und fuhr dann fort:

„Ich bin der Deichvoigt, sage ich. Ein Deichvoigt ist dazu da, auf Recht und Ordnung zu sehen. Ihr handelt gegen Recht und Ordnung, indem ihr noch immer in dieser Krähenhütte wohnt, die längst hätte abgebrochen werden müssen. Ich habe aus Mitleid durch die Finger gesehen. Um Euch den Miethszins zu sparen, ließ ich Euch aus Barmherzigkeit wohnen. Jetzt hat der Herr Amtmann in Ritzebüttel befohlen, daß die Hütte herunter muß, und ich bin der Deichvoigt. Versteht Ihr das?"

„Nein!" sagte Zachäus Busch. „Ihr müßt es

deutlicher geben." Das letztere Wort sprach er nur leise, so sehr war ihm alles Geben zuwider.

Dirksen Dölln schüttelte mitleidig den Kopf und schloß dann kurzab:

„Entweder wird die Dore Busch meine Frau und dann zieht Ihr in mein Haus auf's Altentheil, oder sie wird nicht meine Frau, dann reiße ich Euch das Dach über dem Kopf ein und klage Euch der Deich= beschädigung an. Morgen Abend hole ich mir den Bescheid."

Er ging strammen Schrittes hinaus. Der Za= chäus Busch brauchte einige Zeit, bevor er seine fünf Sinne wieder zusammen hatte; dann aber schrie er aus vollem Halse:

„Dore Busch, wo bist Du? — Wenn Du den Deichvoigt nicht nimmst, schlage ich Dich todt! — Wo steckst Du, Dore?"

Aber eine Antwort erfolgte nicht, wie oft auch die Frage wiederholt wurde, denn die, an welche sie gerichtet ward, befand sich wo anders. In fliegender Hast war sie den Deich entlang, der Kugelbaak zuge= eilt und weiter über Duhnen hinaus, der Furth ent= gegen, durch welche Claus Peters das Festland zu er= reichen suchte.

„Gottlob!" sagte sie aufathmend, als sie zusam=

men trafen, und reichte ihm die Hand. „Ich war recht um Dich besorgt."

„War schon der Mühe werth," entgegnete er. „Die Fluth saß mir auf den Hacken und ich mußte tüchtig zuschreiten. Nun aber laß uns machen, daß wir zu Menschen kommen; ich habe es nöthig."

Dore Busch sah den Claus Peters an und als sie gewahrte, wie erschöpft er war, sprach sie kein Wort weiter, sondern nahm seinen Arm und schritt neben ihm her, bis in das Dorf Döse hinein, wo eine gute Freundin wohnte, die dem Halbverschmachteten mit Speise und Trank zu Hülfe kam.

„Meiner Seele," sagte Claus Peters, als die willkommene Arbeit beendet war. „Nachgerade finden sich die Knochen und die Gedanken wieder zusammen. Es war eine schwere Heimsuchung, Dore Busch, denn der Wasserkönig von Wangeroog hatte lange Beine und seine Pferde laufen schnell."

„Wer ist der Kerl und was wollte er von Dir?" fragte Dore Busch, die ihn nicht verstand.

„Er wollte mich greifen und in einen blauen Papagei mit goldenem Schnabel verwandeln," antwortete Claus Peters. „Aber ich bin nicht so dumm, als der Blumenprinz von Terschelling, und will auch nicht die Sandkörner von Deinem Grabe aufpicken, Du kleine Prinzessin Augentrost."

Die Dore Busch war schier erschrocken vor all' dem Geschwätz und als sie nun gar eine Prinzessin genannt wurde, rief sie der Freundin zu, die mit einer Herzstärkung aus der Küche kam:

„Die Angst vor der Fluth, die ihm auf den Hacken war, hat ihm den Verstand geraubt. Er nennt mich eine Prinzessin und will ein Papagei werden."

Die Freundin schlug ein Kreuz bei diesen Worten; der Claus Peters aber rief dazwischen:

„Nicht doch! Ich bin ganz gut bei Verstande. Die Prinzengeschichte stammt von dem Vater Matthes her und ich will sie Euch allstunds erzählen."

Das that er, und als er mit seinem Märchen zu Ende war, setzte er hinzu:

„Der Prinz und die Prinzessin sind wir Beiden und der Deichvoigt ist unser Wasserkönig. Aber begraben soll er Dich nicht und wenn er seine Deiche noch einmal so hoch baut, als sie schon sind. Sage, Dore Busch, meinst Du es noch immer ehrlich mit mir und kann ich mich auf Dich verlassen?"

„Das kannst Du!" sagte sie treuherzig.

„Und willst Du meine brave Frau werden, sobald

ich soviel beisammen habe, daß ich Dich ernähren kann?"

„Das will ich!" antwortete sie fest und reichte ihm die Hand.

„Gut. Nun folge ich der Weisung des Vater Matthes und versuche es außerhalb der rothen Tonne. Laß es Dir nicht leid sein und siehe zu, daß wir uns Morgen zu guter Zeit auf dem Wege nach Duhnen zusammen finden. Nun muß ich nach Ritzebüttel und meine Geschäfte besorgen."

„Ich komme zur rechten Zeit," sagte sie und ging noch eine Strecke mit ihm zusammen; dann eilte sie voraus, damit man sie daheim nicht bei einander treffen sollte."

Zachäus Busch tobte und wetterte, als er seine Tochter wiedersah. Aber es half ihm eben so wenig, als es ihm nutzte, daß er nachher gelinde Saiten aufzog. Dore antwortete nicht, sondern ging ihrer Arbeit nach, ohne sich um die Drohungen, die der Vater in seinem Zorn ausstieß, viel zu kümmern. Es war unheimlich in der alten, morschen Hütte im Außendeich und als die Stunde heranrückte, die der Deichvoigt festgesetzt hatte, um sich Bescheid zu holen, wurde es noch unheimlicher.

Dirksen Dölln erschien mit der Minute und brachte

einige handfeste Kerle mit, die aber draußen blieben. Er stellte sich dem Zachäus Busch gerade gegenüber und fragte:

„Nun, was soll ich hören?"

„Sie will Euch nicht."

„Ist das ein Grund, sie mir nicht zur Frau zu geben, Ihr alberner Kerl?"

„Und bei Lichte besehen," fuhr Jener zögernd fort, weiß ich nicht, ob ich ein Recht habe . . ."

„Unrecht habt Ihr jedes Mal, wenn Ihr anders handelt, als ich es Euch vorschreibe!" brach der Deich=voigt los. „Wollen wir zur Sache kommen?"

Dore Busch, die sich in dem Verschlage befand, welche der Stube zunächst lag, wo der Deichvoigt mit dem Vater redete, horchte mit steigender Angst auf den Fortgang des Gesprächs, das die Beiden führten und welches einen Gang nahm, den sie nun und nim=mer erwarten konnte. Als sie aber dem Vater sagen hörte: „Und ich muß bei meinem Worte bleiben, daß ich kein Recht habe über ihre Hand, weil sie nicht mein Kind ist!" da fuhr sie zusammen und schrie vor Schreck so laut, daß Beide sie gewiß gehört hät=ten, wenn nicht das lautere Lachen des Deichvoigts ihren Klageruf übertönt hätte.

„Das habt Ihr gut ausgesonnen, Zachäus Busch!" lachte Dirksen Dölln. „Aber mir macht Ihr kein X für ein U. Euere Dirne hält es mit dem dummen Jungen, den Claus Peters, dem Ihr sie an den Hals werfen wollt, und um Das zu verdecken, lügt Ihr mir vor, sie sei nicht Euer Kind. Das nutzt Euch nichts und wenn Ihr nicht gleich gelinde Saiten aufzieht, winke ich den Kerlen, die draußen warten, daß sie diese Kathe der Erde gleich machen sollen."

Die langen Knochenfinger des alten Busch krallten sich so fest um den Arm des Deichvoigts, daß dieser ihn nicht aufzuheben vermochte. Dabei stöhnte der Geizhals, daß es zum Erbarmen war, und mit fiebernder Hast stieß er die Worte heraus:

„Ich sagte die Wahrheit, Mann. Die Dore ist ein Findelkind."

„Ein Findelkind?" schrie der Deichvoigt. „Und das habt Ihr behalten? Und habt es nicht der Gemeinde zur Last fallen lassen? Habt es genährt und gekleidet? Wenn es wahr wäre, daß den Lügnern der Dampf aus der Kehle kommt, wäre Euer Maul jetzt ein Backofen. Ihr thätet jemals Etwas aus Barmherzigkeit, Ihr Geizhals?"

„Ich habe es gethan," sagte der alte Busch, so leise und zögernd, als glaubte er selbst nicht recht an diese Betheuerung „Es ist lange her und ich muß mich erst darauf besinnen."

Der Dore schlug das Herz vor Angst und Erwartung, als sie dies hörte, und mit Beben horchte sie auf die weitern Mittheilungen des Zachäus Busch, der zu dem Deichvoigt sagte:

„Es war ein schwerer Sturm gewesen drei Tage lang. Kein Fischer wagte sich hinaus. Da machte ich mich am vierten Tage früh auf den Weg. Es hatte mir geträumt, ich werde Etwas finden, und es war auch so. Jenseits der Kugelbaak saß ein Schiff hoch auf dem Strand; eine Smack, oder eine Kuff, oder so etwas dergleichen. Am Maste hing der Fetzen von einer holländischen Flagge. Die Ebbe hatte es trocken gelegt und ich konnte sehen, daß es arg zugerichtet war. Auf mein Rufen erhielt ich keine Antwort und nahm an, daß kein Mensch am Bord sei. So fand ich es auch, als ich das Deck enterte. Damals konnte ich noch entern, Deichvoigt. Damals war ich ein rascher, kräftiger Bursche. Konnte mir denken, daß dies Wrack bald genug entdeckt und der Strandvoigt sammt allen seinen Anhängseln zur Stelle sein werde. Darum entschloß ich mich, ehe es zu spät wurde, für mich zu sorgen, so lange ich allein war, denn nachher hätte ich Nichts bekommen. Ging also hinab in die Kajüte und fand ein schlafendes Kind, welches die Dore war. Das ist Gottes Fügung, dachte ich, und nahm es mit mir. Und nun wißt Ihr die ganze Geschichte, Mann."

"Und außer dem Kinde nahmt Ihr Nichts mit Euch, Zachäus Busch?" fragte der Deichvoigt scharf. "Besinnt Euch! Sonst Nichts?"

"Nichts, als ein paar Stücke hartes Geld, die ich im Capitainsspinde fand," antwortete er zögernd. "Du lieber Gott, ich hatte es nöthig, denn wovon hätte ich das arme Kind erhalten sollen . . ."

Die Dore hörte in ihrem Verstecke nichts weiter. Sie hatte die Besinnung verloren. Als sie wieder zu sich kam, vernahm sie, wie der Deichvoigt sagte:

"Mit dieser Geschichte habt Ihr Euch in meine Hand gegeben. Nun kann ich hingehen und Euch anklagen, daß Ihr Euch eigenmächtig an Strandgut vergriffen habt. Hört Ihr das? Bleibt Ihr widerspänstig, thue ich es. Die Dore will ich zum Weibe haben. Ihr seid vor der Welt ihr Vater, und könnt sie zu ihrem Glücke zwingen. Weigert Ihr Euch dessen, macht Ihr Bekanntschaft mit Ketten und Banden. Nun, Zachäus Busch, wann wollt Ihr das Aufgebot bestellen?"

"Morgen will ich es thun!" stöhnte der alte

Busch. „Nun aber laßt mich allein und reißt mir das Haus nicht um, worin ich mit meinem Bischen Armuth ein kümmerliches Dasein friste. Ihr habt mir arg zugesetzt."

„Das geschieht erst, wenn von der Aussteuer die Rede ist," sagte lachend der Deichvoigt Dirksen Dölln, indem er sich zum Fortgehen anschickte. „Ich will Euch auspressen, wie eine Citrone. Welche Schätze werden zum Vorschein kommen, wenn wir den alten Plunder durchwühlen, den Ihr in jedem Winkel aufgehäuft habt."

Mit angstvollen Blicken folgte der alte Busch jeder Bewegung des Deichvoigts, erwartend, derselbe werde gleich seine Drohung wahr machen. Seine Furcht steigerte sich mit der Secunde und erst als Dirksen Dölin draußen war und den Kerlen, die er mitbrachte, ihres Weges zu gehen befahl, gewann er allmählich die Herrschaft über sich. Vorsichtig umsichschauend, als ob ein Lauscher hinter ihm stände, ging er in eine Ecke, wo mehrere übereinander gehäufte Steine die Stelle des Herdes vertraten und, sich vor demselben niederwerfend, flüsterte er, sich mit den Händen daran festklammernd:

„Du bist mir hier nicht sicher genug. Ich muß

Dich wo anders unterbringen. Und das soll in der Neumondnacht geschehen. In der Neumondnacht!"

Ungeduldig ging Claus Peters auf dem Platze auf und ab, wohin die Dore ihn bestellt hatte. Seine Geschäfte waren besorgt und er wollte nun denselben Weg, den er kam, zurückgehen. Er that sich Etwas auf seine Kunst zu Gute, ungefährdet durch die Watten zu gehen. Die Zeit drängte. Er mußte entweder jetzt gleich aufbrechen, oder eine ganze Fluthzeit überliegen. Während seines kurzen Aufenthaltes bei dem Wirthe zum Engelsmann in Curhafen fand er daselbst einen Capitain, der ihn um Etwas fragte und der bereitwillige Auskunft erhielt. Ein Wort gab das andere. Beide gefielen sich und der Capitain erklärte sich bereit, ihn an Bord zu nehmen. "Ein Kerl, der sich nicht etwas versucht," hatte der Capitain, der ein sogenannter Englandsfahrer war, gesagt, "das ist gar kein Kerl, sondern nur ein Waschlappen." Und ein rechter Kerl wollte der Claus Peters sein, darum war er entschlossen, außerhalb der rothen Tonne zu gehen, und sich rechtschaffen in der Welt umzusehen. Das Alles hatte er der Dore sagen wollen und nun kam sie nicht und ließ ihn warten. Die Minuten verstrichen und die Ebbe begann zu fließen, stärker und stärker. Die Wellen zogen sich zurück, immer weiter, Zoll um Zoll und der Stein, der noch vor einer Viertelstunde mit Wasser bedeckt war, lag jetzt ein paar Schritte von demselben entfernt.

Da endlich erschien Dore Busch, aber nicht mit dem kurzen drallen Gange, der ihr sonst eigen war, sondern im vollen Laufe, fast außer Athem und gänzlich erschöpft. Claus Peters hatte im Sinne, sie mit Vorwürfen zu überhäufen, weil sie ihn zu einer Zeit warten ließ, wo jede Minute kostbar war. Allein, als er sie näher ansah, erschrak er vor dem verstörten Wesen der Dirne so sehr, daß er Alles vergaß und hastig fragte:

„Um Gott, liebe Dore! Was ist Dir geschehen? Wie siehst Du aus?"

„Weg will ich! Weit weg! So weit, als meine Füße mich tragen können."

„Besinne Dich, Dore. Ich verstehe nicht ein Wort. Was hast Du?"

„Der alte Bösewicht, der mich mein Lebelang quälte, will mich an den Deichvoigt verkaufen. Rette mich vor ihm! Rette mich!"

„Sprichst Du von Deinem Vater, Dore Busch?"

„Ich heiße nicht Dore Busch!" unterbrach sie ihn

leidenschaftlich. „Er ist nicht mein Vater. Ich bin ein Waisenkind und soll verkauft werden..."

Sie konnte vor innerer Bewegung nicht weiter sprechen. Ein schmales Bündel, worin sie ihre Habseligkeiten barg, fiel ihr aus der Hand. Claus Peters hob es auf und sagte:

„Besinne Dich, liebe Dore, daß ich von dem Allen nichts verstehe. Sage mir nur ein Wort..."

„Nachher! Nachher! Jetzt habe ich keinen andern Gedanken, als fort von hier."

„Wohin soll ich Dich bringen, Dore?" fragte Claus Peters, der von der Angst des Mädchens mit ergriffen wurde.

„Gleichviel wohin; nur weit, weit weg! Mit Dir will ich gehen. An Dich halte ich mich fest. Du bist die einzige Stütze, die ich jetzt noch auf der Welt habe. Und wenn Du Dich weigerst, wenn Du mich auch verläßt, springe ich von dem Deiche hinunter in die Elbe."

„Soll ich Dich zum Vater Matthes bringen? Es ist einsam dort und wer es nicht gewohnt ist, dem kommt ein Grauen an."

„Das Grauen kommt nur über mich, wenn ich an die Hütte im Außendeiche denke und an den alten geizigen Mann, der darin wohnt und gestohlene Kinder quält. Fort nach Neuwerk."

„Der Weg ist schwer und gefahrvoll. Wirst Du ihn aushalten? An ein Umkehren ist nicht zu denken wenn man ihn einmal betreten hat."

„Ich bin stark und werde aushalten. Besinne Dich nicht länger, sonst gehe ich allein und vertraue auf Gottes Barmherzigkeit."

„So komm'!" sagte er und zog sie mit sich fort. Dore nahm ihre Kraft zusammen und schritt, trotz der Erregung, worin sie sich befand, rüstig neben ihm her.

Die Ebbe rollte weiter.

Es giebt ein Lied, welches an dem Strande der Nordsee gesungen wird von den Küsten Ostfrieslands bis in die fernste Inselbucht der Westsee. Das Lied spricht von einem reichen Vater, der zwei schöne Töchter hatte. Er liebte Beide gleich und Keiner gab er den Vorzug. Als er starb, fand sich, daß er seinen Reichthum in zwei gleiche Hälften getheilt und jeder Tochter ein und dasselbe hinterlassen hatte. Als die Jüngste in den Besitz ihrer Schätze gelangte, fing sie ein tolles Leben an. Vergebens warnte die ältere Schwester. Die Leichtsinnige lachte und setzte ihr wüstes Treiben fort. Zuerst merkte sie es nicht, daß sie dem Untergange zueilte. Das machte sie sicher und sie wurde immer übermüthiger, immer verschwenderischer. Aber bald kam hier der Mangel zum Vorschein und bald dort. Erst zeigten sich einige Blößen, bald folgten mehrere. Jedes Schmuckes beraubt, schleppte sie sich träge fort und bald lag sie regungslos in ihrer ganzen Nacktheit da.

Da erbarmte sich die Schwester der Unglücklichen. Sie schwebte herauf mit der ganzen Fülle des Reichthums. Mitleidig deckte sie jede Blöße zu und überschüttete die Verarmte nach und nach mit so vielen Gaben, als sie deren früher besessen. Anfangs schien sich die Gerettete dieses neuen Glückes zu freuen und schaute lächelnd auf die neue Fülle. Aber lange währte es nicht, bis der tolle Wirbeltanz von Neuem begann. Tag für Tag wiederholte sich dieses Schauspiel. Die eine der Schwestern ward nicht müde im Vergeuden, die andere nicht müde im Wohlthun. Durch die Jahrtausende setzt sich dieses Spiel fort und die Leute, die dem Spiele zusehen, nennen es Ebbe und Fluth. In den Momenten aber, wo die verschwenderische Schwester, des neuen Reichthums froh, in Entzücken versunken dasteht, oder wo die reiche Schwester von fern erscheint, um die Bedrängte wieder aufzurichten, sagen die Strandbewohner: „Es ist still Wasser und der Strom will kentern."

Die Ebbe rollte weiter.

Beide Wanderer gingen neben einander her. Anfangs hielten sie gleichen Schritt und legten eine gute Strecke zurück. Der Dore war das Herz so schwer; sie wollte es erleichtern, indem sie die Last, die auf demselben lag, heruntersprach. Aber der Athem verging ihr, und sie mußte inne halten.

„Sprich nicht so viel, liebe Dore!" mahnte Claus Peters. „Ich kann Dich doch nicht anhören und daheim erzählt sich Alles viel besser. Der Weg ist weit und wir haben all' unsere Besonnenheit nöthig."

Dore fügte sich der empfangenen Weisung und ging schweigend neben ihm her, obgleich man ihr ansah, wie schwer es ihr wurde, den Empfindungen, die in ihr auf- und abwogten, keine Worte zu leihen.

Der Pfad durch die getheilten Fluthen ist nicht geebnet und sehr schlüpfrig. Oft gleitet der Fuß und mancher Schritt wird unnütz gethan. Hier liegt ein großer, glattgewaschener Stein mitten in dem Wege, über den es zu springen gilt; dort ist eine jäh abfallende Vertiefung. Mit Vorsicht ist sie zu umgehen, damit man nicht hineinstürzt. Ausgedehnte Wasserlachen sind zu durchwaten, deren Boden ungleich und mit zerbrochenen Muscheln besäet ist, die in die Fußsohlen einschneiden und dem Wanderer einen Schmerzensschrei auspressen.

Inmitten einer solchen Wasserlache stand Dore Busch plötzlich still. Claus Peters, der sein Auge auf einen Segler gerichtet hatte, der fernab vorüber fuhr, bemerkte es nicht und war eine Strecke voraus.

„Claus Peters!" rief sie und preßte ihre Hand an das bange klopfende Herz.

Erschrocken sah er sich um und lief zurück: „Was ist Dir, Dore?"

„Nichts!" sagte sie, sich bezwingend und ging mit einiger Anstrengung weiter.

Er hatte sie vorhin mit seiner Hand stützen wollen; sie hatte es kopfschüttelnd abgelehnt. Jetzt litt sie, daß er ihre Hand ergriff und sie mit sich fortzog.

Langsamer gingen sie vorwärts.

Beide standen an dem Rande eines Gewässers, das zwischen Sandwällen eingekeilt war, wie ein Landsee zwischen grünen Hügeln. Es brobelte auf der Fläche und ein schwarzes Haupt tauchte aus der Fluth auf.

„Da! Da!" rief Dore erschreckt und deutete auf dasselbe hin.

„Das ist eine Robbe, Kind!" sagte Claus Peters beruhigend. „Du mußt Dich vor dergleichen Dingen nicht fürchten, wenn Du eine Wattenläuferin werden willst."

Zu ihren Häupten krächzte es. Heiser und unheimlich klang der Ton. Es waren die Möven, die ihren Flug über die Banken nahmen, welche immer höher aus der Fluth heraustraten.

Da zuckte es am Arm des Claus Peters. Er sah, daß Dore sich von ihm losmachte und sich niederbückte. Sie tauchte die hohle Hand in das Wasser.

„Was machst Du da, Dore?"

„Mich durstet. Die Zunge klebt mir am Gaumen fest."

„Das ist Salzwasser, Dore. Du weißt es ja!" entgegnete er, sie emporreißend. „Eine Wattenläuferin darf nicht durstig werden."

Es sollte wie ein Scherz klingen, aber es lag eine tiefe Wehmuth in dem Tone, womit er diese Worte sprach.

Sie blickte traurig auf das Wasser und auf ihre Hand; und dann ging sie weiter.

Langsam und langsamer keuchte sie an dem Arm des Freundes hin. Er hielt sie mit starker Hand; aber bei der doppelten Anstrengung begann auch seine Kraft abzunehmen. Das Blut in den Adern glühte. Der Schweiß rann ihm von der Stirn.

Unwillkührlich stand er still. Der Wind, der über die träge dahin schleichende Fluth und über den Sand hinwehte, kühlte ihm das Gesicht und verlieh ihm eine wohlthätige Frische. Dore lehnte sich fest gegen seine Schulter und schloß, ohne es zu wollen, die Augen. Das Maß ihrer Kräfte war erschöpft.

Er faßte sie in beide Arme und schüttelte sie: „Was thust Du, Dore? Ermuntere Dich."

Verwirrt blickte sie um sich. Einiger Augenblicke bedurfte es, um ihre Gedanken zu sammeln, dann rief sie aus:

„Claus Peters, ich bringe Dich in's Unglück!"

Er entgegnete Nichts darauf, denn er mochte eine gleiche Empfindung haben, aber er schlang seinen Arm um ihren Leib und zog sie mit sich fort. Sie athmete schwer und wurde mehr getragen, als sie ging.

Der Weg wurde unheimlicher mit jeder Minute und jede dieser Minuten dehnte sich den Wanderern zu einer Stunde aus.

Die Sonne senkte sich dem Horizonte zu. Einzelne Nebel, die den hereinbrechenden Abend verkündeten, lagerten sich auf den Wassern.

Der große steinerne Leuchtthurm von Neuwerk gränzte scharf gegen die durchsichtige Luft ab. Es war der klare Himmel des nordischen Herbstes, dem die kühlen Nächte, die undurchdringlichen Nebelwände und die Nordweststürme folgten.

Abermals war eine Strecke Weges mit zögerndem Fuße durchmessen. Da brach die arme Dore zusammen und wimmerte leise. Claus Peters suchte sie zu halten, aber sein Arm versagte ihm den Dienst und er sank neben ihr in die Kniee. Eine unheimliche Stille lagerte sich um Beide.

Da vernahm man von fern her ein leises Rauschen. Anfangs kaum vernehmbar, dann stärker und stärker, wie das Rascheln des Windes, der gegen die laubbedeckten Berghalden schlägt. Das neuerwachende Leben flog über die todte Einöde hin, wie ein electrischer Schlag, der den innersten Lebensnerv berührt.

Claus Peters war von diesem Schlage getroffen. Er sprang empor und schaute weit um sich, ohne Etwas zu erkennen. Er beugte sich vorne über und horchte mit großer Aufmerksamkeit. Alle seine Glieder waren in einer zitternden Bewegung. Da erbleichte sein Gesicht; die Augen traten aus ihren Höhlen und krampfhaft schrie er auf:

„Dore Busch! Da kommt die Fluth!".

Aber Dore Busch hörte nicht. Bewußtlos lag sie auf dem nassen Sande mit geschlossenen Augen.

Verzweiflungsvoll stand Claus Peters da. Das

Haar auf dem Kopfe krümmte sich. Ein leises Frösteln lief den Rücken herab. Seine Gedanken gingen irre, und als er auf den steinernen Leuchtthurm von Neuwerk blickte, schauerte er zusammen, als ob er ein Gespenst sähe, das aus der sandigen Fläche drohend vor ihm emporstieg.

Lauter wurde das ferne Grollen. Näher zog es heran durch die bewegungslose Luft.

Claus Peters sah unverwandt nach dem Thurm und sagte vor sich hin:

„Da sitzt Vater Matthys und träumt wieder von dem Märchen von Neuwerk und sieht den Wasserkönig von Wangeroog, der, von Wellen umrauscht, herangeschritten kommt, um die arme Prinzessin Augentrost im feuchten Sande zu begraben."

Sein Auge heftete sich auf das unglückliche Mädchen, das hülflos vor ihm lag, ohne irgend eine Empfindung des unermeßlichen Leides, das sie umgab. Mit einem seltsamen Lächeln starrte er sie an und schrie dann voll Angst:

„Prinzessin Augentrost! Wache auf! Wache auf! Der Wasserkönig von Wangeroog kommt über Neuwerk heran und will Dich tödten! Wache auf, oder Du siehst mich nicht wieder, denn er sperrt mich in den goldenen Käfig..."

Er hielt inne. Krampfhaft drückte er beide Hände gegen die breite Brust und stöhnte:

„Gott im Himmel, sei mir gnädig und barmherzig! Ich verliere die Besinnung in einer Stunde, wo ich sie so nöthig habe. Dore Busch! Höre auf mich in unserer Noth."

Sie hörte nicht. Eine tiefe Ohnmacht hielt sie umfangen.

Ein lange anhaltendes Stöhnen ließ sich vernehmen. Es war, als ob die Nordsee, von der Fluth aus ihrem Schlummer aufgestört, tief aufathmete. Da raffte Claus Peters all' seinen Muth zusammen:

„Noch eine Stunde länger und wir werden von der Fluth begraben. Gott sei mir barmherzig. Ich will thun, was ich kann."

Er hob die Dore vom Boden auf und nahm sie in die Arme. Mit festen Schritten ging er weiter, sein Ziel, den großen steinernen Leuchtthurm, nicht aus den Augen verlierend.

Die Sonne tauchte unter; der letzte röthliche Schimmer glänzte auf den Wellen. Die dämmernden Nebel lagerten sich allgemach darüber hin.

In der Höhe blitzte es auf, wie ein Stern, der durch die Wolken bricht. Claus Peters wurde es gewahr und sagte zu sich:

„Vater Matthes zündet seine Lampen an. Nun habe ich ich eine Nachtmarke."

Immer heller, immer goldener strahlte es durch die Luft, wie eine Lampe nach der andern angezündet wurde, und als der volle Kranz derselben im Brennen war, sah es aus, wie eine Feuersonne am nächtlichen Himmel.

Keuchend verfolgte Claus Peters seine Bahn. Mit wunderbarer Schnelle rückte die Fluth näher. Die weiten Sandbänke, welche sich der See entgegen streckten, bedeckten sich mit einer Wasserfläche, die mit jeder Minute stieg. Die mannigfachen Priele, die, schmalen Kanälen gleich, die einzelnen Banken von einander trennten, traten über und gossen den neugewonnenen Ueberfluß nach allen Seiten hin. Schmeichelnd und kosend strichen die hüpfenden Wellen den schimmernden Sandbänken entgegen. Schnell, wie im Scherz auf- und abhüpfend, zogen sie sich wieder zurück, zwei Mal weiter um sich greifend, als das erste Mal. Und wo sie einer Wasserlache begegneten, einem von jenem stehenden Fluthbecken im Sande, da zogen sie diese in ihren lustigen Tänzerkreis. Sie umspannten sie von allen Seiten, sie mit sich fortreißend, als Theilnehmer auf der ruhelosen Wanderung. Heissah, die Fluth! Wie auf Sturmesflügeln zieht sie einher.

Weithin greift ihr Arm aus der See in das Binnen=
land hinein!

„Ich wate schon tief im Wasser!" sagte Claus
Peters zu sich selbst. „Der Weg ist zugedeckt und ich
kann die Untiefen nicht erkennen. Gott genade uns
Beiden."

Langsam ging die Wanderung. Es wurde ihm
dunkel vor den Augen.

Bis an die Kniee stieg das Wasser. Der Fuß
stieß gegen einen Stein. Er gerieth in's Stolpern.
Rings umher zischte und brandete es. Dumpf dröh=
nend klang es vom Strande her.

„Wasserkönig hat mich!" sprach Claus Peters
mit bebenden Lippen. „Dore Busch! Ich glaube,
sie ist schon todt."

Er keuchte weiter mit seiner Last:

„Ich werde es auch bald sein. Vater unser, der
Du bist im Himmel!"

Bis auf das Aeußerste erschöpft, hielt er inne.
Er schaute hinaus in die Finsterniß nach den trost=
bringenden Lampen des Vater Matthes. Er fand sie
nicht. Stärker und gewaltiger rauschte die Fluth
heran und die nächste Welle ging ihm über den Kopf.
Entsetzt schrie er auf:

„Ich habe den Grund verloren! Wir treiben!"

In diesem entscheidenden Schreckens=Augenblicke, woran Tod und Leben hing, raffte er den letzten Rest seines Muthes zusammen. Seine Kräfte waren erschöpft, aber die Todesangst ließ ihn ungewohnte Anstrengungen machen. Die Dore mit dem einen Arme fassend, begann er mit dem andern zu rudern. Aber nur kurze Zeit leistete er dem furchtbaren Elemente Widerstand. Seine Augen schlossen sich. Die Sinne schwanden ihm und die nächste heranrauschende Welle trug den Bewußtlosen mit sich fort.

Am Fuße des Leuchtthurmes stand ein Haus. Dort hausete der Wächter des Thurmes mit seinen Angehörigen. Vater Matthes hatte nur eine alte Magd, die so lange bei ihm gewesen war, als er den Dienst hatte. Sie hieß Rebekka und stammte aus Döse, darum wurde sie Döse=Becken genannt. Am Herde hatte sie die Abendsuppe gekocht und trug die Schüssel in die Lampenkammer:

„Hier, Vater Matthes. Langt zu, ehe es kalt wird. Dem Claus Peters habe ich seinen Antheil warm gestellt; aber es ist Fluth geworden und er wird wohl erst morgen kommen."

Der Alte nahm den Löffel, allein der gewohnte Appetit fehlte und er warf ihn wieder hin:

„Ich mag nicht. Den ganzen Tag habe ich an

den Jungen gedacht, ich weiß nicht, warum, und es schnürt mir ordentlich die Kehle zu. Döse-Becken, es giebt ein Unglück."

"Wird doch nicht!" rief diese und bebte zusammen, als eine gegen den Strand heranrollende Welle dicht vor dem Thurm niederschlug. "Ist ja ein vorsichtiger Junge mit zwei gesunden Augen im Kopfe."

Sie sagte es, um dem Alten Muth einzusprechen, als sie dessen Unruhe gewahrte; sie selbst aber war mitnichten ruhig und hatte schon am Herdfeuer in ihrer Angst die zehn Gebote und den Glauben hergesagt. Vater Matthes hörte nicht auf sie, sondern fuhr fort:

"Mich duldet es nicht länger hier. Gieb Acht auf die Lampen, wie auf Dein eigenes Leben. Ich will hinunter an den Strand."

"Was wollt Ihr da, Vater Matthes?" fragte die Magd und suchte ihn zurück zu halten; aber er wehrte sie ab und stülpte die Mütze auf den Kopf:

"Ich weiß nicht, was ich da will; aber ich muß an die Luft, oder es sprengt mir die Brust auseinander. Jesus! War das wieder ein Schlag!"

Es klirrte gegen die mächtigen Scheiben der Lampen, daß es hell klang:

"Was ist das?"

„Eine Eule, oder sonst ein Nachtvogel, der gegen das Lampenlicht anfliegt!" sagte die Magd mit bebenden Lippen. „Das bedeutet allemal eine Leiche."

„Achte auf die Lampen!" schrie Vater Matthes ihr zu und stieg die steile Treppe hinab:

„Wasserkönig hat einst das schöne Neuwerk mit allen seinen Schlössern und Gärten in die Tiefe der See gesenkt. Fast scheint mir es, als wollte er es heute Nacht wieder heraufholen."

Der Alte betrat den Strand, wo er jeden Stein kannte, der im Wege lag; jede Erhöhung, jede Vertiefung genau zu finden wußte. Jetzt sah er nichts, als die Brandung, welche weithin leuchtete, und das Feuer von dem kleinen Thurm, der an der entgegengesetzten Seite der Insel stand.

Da stieß er mit dem Fuße an einen Gegenstand. Er bückte sich nieder und tappte mit den Händen vor sich hin:

„Was ist hier? Nirgends ist sonst der Strand so eben, als gerade an dieser Stelle. — Hei! Das ist . . . Ach Gott! Das ist ein Mensch! Helft! Helft!"

Vater Matthes schrie in seiner Noth um Hülfe, obgleich er wußte, daß hier Keiner war, der sie ihm gewähren konnte:

„Es sind ihrer Zwei! Wer weiß, wie Viele noch dabei herum liegen. — Sind das nun Todte, oder ist noch Leben darin? Ich muß Menschen holen."

Da erschien ein wandelndes Licht. Bald stieg es aufwärts, bald senkte es sich. Einen Augenblick verschwand es; dann leuchtete es um so heller.

Vater Matthes gewahrte es nicht. Er wußte in seiner Rathlosigkeit weder aus noch ein und fuhr zusammen, als nun das Licht über seinem Haupte schwebte und eine tiefe Stimme sprach:

„Was giebt es hier?"

Es war der zweite Wächter des Thurmes, der bei der ungewohnten Bewegung aufgewacht und zu den Lampen hinaufgestiegen war. Die Magd hatte ihm Alles gesagt und ihn angetrieben, dem treuen Gefährten in der Einsamkeit nachzugehen.

„Was giebt es hier?" wiederholte er und hielt das Licht vor sich hin, um recht weit sehen zu können.

„Leichen!" erwiederte Vater Matthes dumpf.

„Laßt sehen, welcher Art sie sind!" sagte der zweite Wächter. „Hier ist das Licht! — Um Gott! — Seht her, Matthes! . . . Ist das nicht?"

„Claus Peters ist es!" schrie Vater Matthes auf. „Ach, mein lieber Sohn. Hast Du müssen auf Deinem Gang verunglücken?"

„Da ist noch Einer!" sprach der zweite Wächter. „Das ist ein Weib. Wie kommt die daher?"

„Alles todt!" jammerte der Alte.

„Das wissen wir noch nicht. Bleibt hier, Matthes. Ich gehe, um die Andern zu wecken, und die Verunglückten unter Dach und Fach zu bringen."

„Er ging. Zwei Häuser standen auf dem Eilande, worin die Angehörigen der Wächter wohnten. Nach einer halben Stunde kehrte er mit Allen zurück, die auf dem Eilande lebten. Die Gefundenen wurden nach der Hütte gebracht, die an dem Fuße des großen Thurmes stand. Steffen, der zweite Wächter, ein besonnener, entschlossener Mann, der vielfache Gelegenheit gehabt hatte, Verunglückten beizustehen und Hülfe zu bringen, ordnete an, was geschehen sollte, und hatte ein aufmerksames Auge.

„Der Puls schlägt!" sagte er nach einiger Zeit. „Es ist Leben in Beiden. Seid nur nicht lässig."

Die Frau des Steffen, welche sich der Dore Busch angenommen hatte, rief ihrem Manne zu:

„Sie bewegt sich. Sie fängt an zu athmen!"

Vater Matthes zog seine Mütze und betete still. Die Wattengänger waren gerettet.

Acht Tage waren seit jener Nacht vergangen. Claus Peters und Dore Busch hatten sich vollständig erholt. Vater Matthes ließ sich Alles erzählen und war bereit, die Dore bei sich aufzunehmen, da diese fest erklärte, sie werde nie zu dem alten Geizhals zurückkehren, der sich zu ihrem Vater gelogen hätte. Der besonnene Stoffen sagte, das sei eine Begebenheit, die man zur gelegenen Zeit dem Herrn Amtmann in Ritzebüttel kund thun müsse. Claus Peters wollte nach Cuxhaven zurück, um den Capitain aufzusuchen und ihn zu bitten, sein Wort wahr zu machen. Aber es fehlte in diesen Tagen an einer Bootsgelegenheit. Den Weg durch die Furth, den die Ebbe bloßlegte, sollte er nicht wieder machen. Die Dore Busch widersetzte sich diesem Vorhaben mit der größten Entschlossenheit.

Da brach ein Herbstmorgen an, wie er sich unter den nordischen Breiten oft in überraschender Schönheit zeigt. Die See und der Himmel waren von gleich durchsichtiger Klarheit. Eine leichte Brise spielte mit den langen Herbstfäden, die in dem leeren Raum schlangenartig umherflogen. Der Steffen stand mit dem Claus Peters am Strande und sagte zu diesem:

„Du kannst mir eine Hand leihen. Nach der Ostbaak war ich gestern allein, aber die Nordbaak liegt weiter und wir müssen ein Stück um das Eiland herum. Es muß einmal nach dem Rechten gesehen werden. Einem Tage, wie der heutige ist, folgen die Tage, die uns nicht gefallen, und dann muß Alles vierkant stehen. Es sind noch viele Schiffe draußen, und vorgebaut zur rechten Zeit, hat nimmer noch ein Mann bereut."

Claus Peters war sogleich bereit. Das Boot war schon am Abend vorher mit allem Nöthigen versehen; selbst die kurze Jagdflinte, die der Steffen bei sich zu führen pflegte, lag auf der Vorderbucht und sein Pulverhorn hatte er in der Tasche.

Das Segel füllte sich und das Boot strebte von dem Lande weg. Dore Busch, welche vor der Thür stand, die zum Thurm hinaufführte, winkte mit ihrem Tuche einen Abschiedsgruß. Bald lag die Nordbaak vor ihnen. Sie stand hoch auf dem Sande, der im Sonnenlicht schimmerte; ein Merkzeichen, das bei klarem Himmel weithin gesehen werden konnte. Dort lagen mehrere Robben und sonnten sich.

Steffen bemerkte sie und sagte: „Weißt Du, daß es für den ganzen Tag Glück bringt, wenn das erste Werk, das wir thun, einen guten Erfolg hat? Erbeute ich das Fell von einem dieser Robben, kann mir der Pelzmacher in Ritzebüttel eine warme Wintertermütze daraus machen."

"Wir sind keine grönländische Robbenschläger, Steffen," antwortete Claus Peters.

"Nein, mein Junge," antwortete dieser heiter. "Aber ich war ein leiblicher Schütze, der manche fette Eibergans im Fluge geschossen hat. Will mein Glück versuchen. Meine Pelzmütze ging bei dem letzten Sturme über Bord und ich möchte den Verlust gerne wieder ersetzen."

Das Boot ward beigelegt. Steffen untersuchte die Flinte, schüttete Pulver auf die Pfanne und legte an. Gleich darauf brannte er los. Schnell fuhren die Robben aus ihrem Schlafe auf und stürzten sich in die Fluth. Nur Eine blieb zurück; sie wälzte sich hin und her und lag endlich still.

"Da liegt meine Mütze!" rief Steffen fröhlich und ruderte der Bank zu. Beide Männer sprangen an das Land, die Robbe wurde vollends getödtet und in Sicherheit gebracht. Dann aber sagte Steffen:

"Eines thun und das Andere nicht lassen. Ueber dem Spaß soll man den Ernst nicht vergessen. Gehen wir an unser Werk."

Beide betraten die hohen Sandschichten, auf welchen die Baak stand. Die unablässig auf- und abrauschenden Wellen hatten den Grund so fest geschlagen, daß sich keine Fußspur eindrückte. Die Männer traten an die Baake heran und prüften diese genau.

„Alles niet= und nagelfest!" sagte Steffen, als er jeden einzelnen Balken genau angesehen hatte. „Wird sich in jedem Wintersturme halten und es muß ein starker Eisgang kommen, wenn er sie wegreißen will. Nun wollen wir sehen, wie es oben aussieht. Bringe das Brod und das Wasser."

Claus Peters kehrte nach dem Boot zurück, um das Verlangte zu holen. Steffen kletterte bis zur Spitze der Baak, wo sich die einzelnen Balken giebelartig zusammen fügten. Dort bildeten sie eine Art von Becken und in diesem Raume pflegte die fromme Sitte der Väter einen kleinen Vorrath von Lebensmitteln hinzulegen, damit der arme Schiffbrüchige, der an diese Sandbank geworfen würde, ein Zeichen fände, daß menschliches Erbarmen ihn auch in dieser Einöde erreiche. Oft freilich wurde der gute Zweck vereitelt, wenn die brausenden Wellen darüber wegstürmten und die Gottesgabe verderbten, oder mit sich hinweg führten. Aber die Hand, die einmal spendete, ward nicht leer, und Steffen, der oben angelangt war, rief herunter:

Der Trunk im Fäßlein ist brack. Das Seewasser

findet seinen Weg überall hin. Die Zwiebacke in dem Blechkasten sind aufgeweicht. Wirf sie in die See, damit sie den Fischen zu gute kommen, und dann reiche mir den frischen Vorrath zu."

Claus Peters war schnell zur Hand. Steffen legte die Zwiebacke in den ausgeräumten Blechkasten, stellte das Fäßchen mit dem Süßwasser daneben, befestigte Beides mit den dazu vorhandenen Tauenden und zog dann andächtig die Mütze, die er zwischen den gefalteten Händen hielt:

>"Gott hat gegeben Speis' und Trank,
> Aus vollem Herzen sag' ich Dank.
> Hier bringe ich ein dürftig Brod,
> Die kleine Hülf' in großer Noth.
> Den Segen giebt der Herre Gott,
> Preis Dir und Dank, Herr Zebaoth.
> Unser täglich Brod gieb uns heute."

"Amen!" sagte Claus Peters, der im Stillen mitgebetet hatte, und Steffen stieg nach vollbrachtem Werke fröhlich nieder:

"Wir sind fertig und können mit gutem Gewissen an uns denken. Bringe den Korb, worin wir unsere Ration haben. Können uns hier auf dem Sande eben so gut sonnen, als vorhin die Robben, und haben vor ihnen voraus, daß uns Niemand vor den Kopf schießt, um sich aus unsern Fellen eine Mütze machen zu lassen."

Die beiden Männer hielten ihr bescheidenes Mahl. Die Segler, welche aus der Elbe kamen, steuerten vorüber, der See zu, die am fernen Horizonte ihre stolzen Wellen majestätisch auf- und absteigen ließ.

"Behaltene Reise Allen und eine gute Heimfahrt über Jahr und Tag!" sagte Steffen. "Man mag es ihnen wohl wünschen, denn es ist schlimm hier zur Herbsteszeit, wenn die Nordwestböen nicht enden wollen, oder wenn der Wind nach Osten umsetzt, und die Eismassen von der Fluth und der Ebbe hin und her geworfen werden, bis sich Scholle auf Scholle so zusammen und über einander schiebt, daß unser ganzes Eiland mit einem Wall umgeben ist und wir auf den Thurm klettern müssen, wenn wir darüber wegsehen wollen."

"Ihr seid ein seebefahrner Mann, Steffen," sprach Claus Peters nach einer Pause. "Ihr war't in Westindien und wer weiß, wo noch sonst. Wie ist es zugegangen, daß Ihr mit einem so geringen Raume vorlieb nehmt, als dieses Eiland ist, da Ihr doch rüstig genug seid, um jedes Seewerk zu treiben und ginge es über Ostindien hinaus?"

"Weil ich die schöne Katharina freien wollte und

diese keinen Mann mochte, der alle Jahre nur ein paar Wochen zu Hause ist und während der übrigen Zeit in der Welt umherstreift. Ich that ihr den Willen und kam zu einer Frau und zu einem Amte, ich wußte nicht wie. Das ist die ganze Geschichte, kurz und erbaulich."

„Meine Dore hat mehr Courage," sagte Claus Peters. Sie läßt mich in Gottes Namen ziehen, und wenn ich wieder komme, alle Taschen voll..."

„Junges Blut wird leicht heiß!" antwortete Steffen. „Auch an einem kleinen Feuer kann man sich die Finger wärmen. Du hast schon einen guten Gewinn gezogen, daß Du den Zachäus Busch nicht zum Schwiegervater kriegst, da dieser nicht der Vater der Dirne ist. Kenne den Geizhals seit lange und traue ihm nicht über den Weg. Und nun ich höre, wie er zu dem Kinde kam; nun die Dore von dem Wrack gesprochen hat, das nicht weit von der Kugelbaak..."

„Wißt Ihr Etwas von dem Wrack, Steffen?"

„Es ist nicht viel. Geht oft ein Schiff zu Grunde zwischen Scharhörn und Vogelsand und es wird nicht von jedem eine lange Geschichte erzählt. Daß bei der Kugelbaak ein holländisches Fahrzeug aufgelaufen war, und daß es von der nächsten Fluth wieder fort-

gerissen ward, ehe Jemand hatte an Bord kommen
können, ist mir erinnerlich; gab aber damals nicht viel
darauf, denn war es auch ein seltner Fall, ist er doch
nicht unmöglich. Nun ging ich aber bald darauf, um
eine andere Fahrt anzunehmen nach Hamburg und
hörte dort von einem toll gewordenen Holländer. Nun,
Gott straft den Einen so und den Andern so. Aber
seinen Verstand verlieren ist eine große Bekümmerniß
und es that mir leid um den Holländer, obgleich ich
den Mann nicht mit Augen gesehen hatte und auch
nicht zu sehen kriegte, denn sie hatten ihn unter Schloß
und Riegel gebracht."

„Was hat Euer toller Holländer mit dem Wrack
auf der Kugelbaak zu thun?" fragte Claus Peters.

„Weiß nicht!" sagte Steffen. „Der Holländer
und das Wrack kommen mir vor, wie zwei Tauenden,
die auf zwei verschiedenen Decken liegen; am Ende
findet sich doch ein Marlpfriem, womit man beide zu=
sammen splitzen kann, wie Du gleich weiter hören
wirst. Als ich eine Heuer angenommen hatte, ging
es bald darauf in See. Wir kamen bei der Kugel=
baak vorüber und einer meiner Maaten, der in meiner
Nähe stand, sagte: „Hier muß das Schiff gesessen
haben, von dem der tolle Holländer so Vieles faselte."
Ich fragte ihn, wie er das meine, und hörte, daß ein

aus See kommender Engländer erzählte, wie er draußen ein Wrack habe treiben sehen, welches im Sinken begriffen gewesen sei. Auf dem Deck desselben habe man einen Menschen hin und her laufen sehen, und der Engländer drehte bei, um den Mann zu holen. Kaum war es geschehen, als das Wrack vollends versank. Es geschah binnen der rothen Tonne. Der Gerettete geberdete sich unsinnig und verlangte nach dem gesunkenen Schiffe zurück. Sein Kind sei dort am Bord, sammt seinem Geld und Gut, ich weiß nicht, wie viel. So kam der Engländer in Hamburg an und brachte seinen Passagier nach dem Krankenhause. Eine Zeitlang hat das Toben fortgedauert; allmählich wurde er stiller und es kam ein Schimmer von Vernunft zum Vorschein. Der Mann begann zusammenhängend zu sprechen. Sein Name war Jan van Steen. In Amsterdam hatte er sich auf einer Smack eingeschifft, die ihm selbst gehörte. Er verließ Holland, weil ihm seine Frau gestorben war und er nicht länger an einem Orte leben wollte, wo er bislang so glücklich war. Seine kleine Tochter befand sich bei ihm am Bord, sammt allem Hab und Gut, was er besaß, denn er hatte sich in Hamburg wohnhaft machen wollen. Aber die Engländer hätten ihn von seinem Schiffe weggerissen und ihm sein Kind und sein Gold gestohlen. Er sagte das Alles so be- und wehmüthig, daß er allgemeines Mitleid erregte und mehrere angesehene Kaufleute sich bemühten, die Spur der Verlornen aufzufinden. Von Holland lief die Nachricht ein, daß ein Herr Jan van Steen sich in Amsterdam eingeschifft hätte, um nach der Elbe zu gehen, nachdem er sein Eigenthum zu Gelde machte. Weiteres wußte man nicht anzugeben. Von Cuxhafen kam der Bescheid, daß man vom Leuchtthurm aus bei einbrechender Nacht ein Wrack jenseits der Kugelbaak erblickt habe. Als man sich am nächsten Morgen aufmachte, sei es verschwunden gewesen. Wahrscheinlich habe es sich bei Hochwasser frei gemacht, denn es war gerade Springfluth. Welches Schiff es gewesen, lasse sich durchaus nicht feststellen, denn es habe kein Mensch dasselbe betreten. Nur ein Fischer sagte aus, daß er ein zweimastiges Fahrzeug gesehen habe, ohne irgend ein Segel, quer mit dem Strome treibend. An Bord habe er nicht gelangen können, denn es hätte stark geweht und er sei weitab im Lee gewesen. Der Arzt des Krankenhauses theilte dies dem Jan van Steen mit. Dieser hörte es ruhig an und antwortete: „Es ist nicht wahr. Die Engländer haben mich bestohlen." Dies war sein letztes Wort. Er soll seit dem Tage nicht mehr gesprochen haben. Sie nannten ihn den stillen Holländer und er ist viele Jahre in dem Krankenhause geblieben, vielleicht ist er auch noch darin. Wer kann es wissen?"

Steffen schwieg, als ob die lange Erzählung ihn ermüdet hätte. Claus Peters hatte aufmerksam zugehört und fragte rasch:

„Und nun meint Ihr . . . ?"

Er sah den Gefährten an, als traue er sich nicht, auszusprechen, was ihm durch den Sinn fuhr. Steffen besann sich einen Augenblick und fuhr dann fort:

„Höre, Jungkerl! Ein Menschenleben kann noch so einfach sein, es kommt in jedem derselben Etwas vor, das über die Schnur haut. Ich besinne mich darauf, daß zu jener Zeit eine holländische Jolle halb zertrümmert aufgefunden ward, an deren Heck man die Worte las: „Zwei Brüder von Amsterdam."

„Und was weiter?" fragte Claus Peters.

„Kann nicht die gestrandete Smack diesen Namen geführt und die ramponirte Jolle zu derselben gehört haben? Ich denke mir, daß die Mannschaft, als sie sah, daß doch Alles verloren sei, sich in die Jolle begab und sich zu retten suchte. Sie hat den Jan van Steen aufgefordert, sie zu begleiten; der hat sich geweigert und sie sind allein davon gefahren — um gleich darauf zu kentern und zu versaufen."

„Das ist wohl möglich!" sagte Claus Peters. „Aber es ist auch schändlich, und ich hätte meinen Herrn nicht in der Noth verlassen können."

„Bleibe dabei!" entgegnete Steffen. „Ein Matrose, der sein Schiff in der Stunde der Noth verläßt, ist eben so ehrlos, wie der Soldat, der die Flinte weg= wirft und Reißaus nimmt, wenn die Schlacht beginn= nen soll. Schau, mein Junge, ich denke mir nun, daß der Zachäus Busch . . ."

Claus Peters sprang unwillkührlich auf. Steffen erhob sich langsam und fuhr fort:

„Der Kerl schlich überall herum, wie ein Visitator. Er kann sich ja in der Nähe befunden haben, ist an Bord gestiegen, hat den Holländer niedergeworfen, sein Geld eingesteckt und in einer Anwandelung mensch= lichen Erbarmens des Kind mitgenommen."

Der arme Claus Peters stand regungslos da. Es war über ihn gekommen wie eine Hagelbö in den Julitagen. Steffen schüttelte ihn und sagte:

„Ich meinte nur, es könnte so sein; ich sage nicht, daß es so ist. Wiederhole übrigens noch ein Mal, danke Du Gott, daß Du den Zachäus Busch nicht zum Schwiegervater kriegst. Und nun wollen wir heim fahren; sie warten auf uns und Ruhe thut mir auch noth, denn ich habe von eilf Uhr ab die Lampenwacht."

Darauf fuhren die beiden Männer heim. Steffen mit dem freien, offnen Gesicht, die Ruderpinne in der einen, die Schote des Segels in der andern Hand. Claus Peters mit finsterer Stirn, grübelnd und so weit in Gedanken von dem Orte entfernt, wo er sich befand, daß er risch in die Höhe fuhr, als das Boot bei dem Leuchtthurm auf den Strand lief.

———

Das Verschwinden der Dore Busch machte Aufsehen in Cuxhafen. Die frische, dralle Dirne, die, ungeachtet der schlimmen Tage, welche sie bei dem Vater hatte, stets fröhlich und guter Dinge war, wurde gerne gesehen. Einige Tage lang sprach man von diesem Ereigniß mit großer Theilnahme. Ein leichtfertiger Bursche, welcher meinte, die Dore Busch könne wohl mit einem Liebsten davon gelaufen sein, wurde tüchtig abgetrumpft, denn die Dirne war überall als ehrbar und sittsam bekannt. Einige muthmaßten, daß sie verunglückt wäre, wenn sie auch nicht begreifen konnten, wie es geschehen sein könne, und sich vergebens den Kopf darüber zerbrachen. Andere, die dem alten Busch nicht über den Weg trauten, meinten noch etwas Schlimmeres, denn einem Geizhals, der zugleich ein jähzorniger Mann ist, kann man das Aergste zutrauen.

Allein sie hüteten sich wohl, ihre Meinung offen auszusprechen. Zu einer Anklage gehört auch ein Beweis und darum begnügten sie sich damit, den alten Busch mit argwöhnischen Blicken anzusehen, wenn sie ihm begegneten.

Und begegnen that man dem alten Busch in jenen Tagen sehr oft. Von früh Morgens bis spät Abends war er draußen, bald auf der alten Liebe, bald auf dem Deiche, rechts nach Döse, oder links nach Altenbruch, oder gerade in das Land hinein nach dem Amthause in Ritzebüttel, überall nach der Dore rufend und Jedermann anschreiend, daß man ihm helfen solle, sein Kind zu suchen. Nur dem Deichvoigt wich er aus und hütete sich, die Straße zu betreten, wo er demselben begegnen mußte. Trafen sie aber unerwartet zusammen, hob Deichvoigt Dirksen Dölln die Hand drohend auf und sagte laut, daß die Vorübergehenden es hören konnten:

„Du hast sie weggeschickt, damit ich sie nicht haben soll. Genade Dir Gott, wenn mein Verdacht zur Wahrheit wird. Ich habe Dich in der Hand und liefere Dich an's Messer."

In solchen Augenblicken schrie dann der Zachäus Busch laut auf. Er sah voller Angst zu dem Deichvoigt auf und rief diesem zu: „Du sollst sie haben, sobald sie wieder da ist. Und sie muß wiederkommen! Sie muß! Ich hole sie!" Und wenn er das gesagt hatte, rannte er, so schnell er nur konnte, nach seiner baufälligen Hütte, die trotz der Drohungen des Dirksen Dölln noch immer im Außendeiche stand.

Zachäus Busch saß auf den Steinen, die ihm zum Herde dienten und worauf, seitdem die Dore fort war, kein Funken glimmte. Er hatte beide Ellnbogen auf die Kniee gestützt und ließ den Kopf in den flachen Händen ruhen.

„Nun will ich es thun," grollte er vor sich hin. „Drei Tage lang quäle ich mich mit dem Gedanken und wenn die Nacht kommt, fehlt mir der Muth und ich kriege das Fieber. In dieser Nacht soll es geschehen. Ich will weg von hier, weit weg. Der Deichvoigt sitzt mir im Nacken und ehe ich es mir versehe, dreht er mir das Genick um. Die Welt ist groß und irgendwo wird es einen einsamen Winkel geben, wo ich mich mit meinem Kleinode begraben kann."

Er sah sich furchtsam um, als ob Jemand in der Nähe sei, der das Wort „Kleinod" gehört haben könne. Als er sich überzeugt hatte, daß er wirklich allein war, begann er neuerdings mit sich selbst zu sprechen:

„Seit sie weg ist, habe ich keine Ruhe. Mir ist

es, als habe sie mein Geheimniß mit sich genommen und werde es in die Welt hinausposaunen. Schon drei Mal bin ich seitdem in meinen Träumen am Bord des Holländers gewesen und habe ihn gesehen mit dem bleichen Gesicht, wie er mich anstierte und mich nicht lassen wollte und wie ich . . ."

Er schreckte zusammen und klapperte vor Frost mit den Zähnen. Der Wind fuhr durch die offnen Spalten und trieb den feinen Sprühregen vor sich her. Das Dach schütterte und drohte auf ihn herab zu stürzen.

„Ich wandere aus!" sprach er vor sich hin, indem er die Steine, worauf er bisher gesessen hatte, fortwälzte. „Weit weg will ich gehen, wo mich Niemand kennt. Die undankbare Dirne. Es wäre Alles einmal an sie gekommen, wenn ich meine Augen schloß. Nun kann sie warten, bis sie auch nur einen Schilling erhält."

Die Steine waren fortgeräumt und er begann, mit einem abgebrochenen Spaten den Boden aufzuwühlen. Er war so sehr mit seiner Arbeit beschäftigt und hatte den Blick so fest auf die Vertiefung gerichtet, die unter seinen Händen entstand, daß er den Regen nicht vernahm, der stärker niederrauschte, und den Wind überhörte, der bis zur steifen Kühlte anwuchs.

Er hatte kein Auge dafür, daß die Thür sich öffnete und eine Gestalt sichtbar wurde, die ihn genau beobachtete.

Da stieß er mit dem Spaten auf einen harten Gegenstand. Er warf das Eisen fort und hob einen Kasten heraus, den er liebkosete und ihn mit gierigen Blicken verschlang. Er sah selig aus, als ob er vor einem bisher unentdeckten Goldlande stände, das in der Morgendämmerung vor ihm auftauchte und ihm die Augen blendete.

Aber es war nicht der Schimmer des Goldes, der ihn blendete, sondern ein Lichtstrahl, der von oben senkrecht auf ihn herabfiel.

Die dunkle Gestalt, welche durch die Thür trat und von zweien Andern gefolgt ward, stand dicht hinter ihm. Sie hielt eine hell brennende Laterne, welche der Mantel bis dahin verbarg, hoch über den krampfhaft wühlenden Zachäus Busch und rief mit lauter Stimme:

„Halb Part, Kamerad!"

Zachäus Busch sah erschreckt zu dem Rufenden auf; allein das Wort starb ihm auf den Lippen, als er den Deichvoigt Dirksen Dölln vor sich stehen sah. Wie er sich am Boden wand, das stiere Auge auf den unwillkommenen Störer gerichtet, keines Wortes mächtig, bleich und mit schlotternden Knieen, hatte er etwas Gespenstisches an sich, das wohl manchem beherzten Manne ein leichtes Frösteln verursacht hätte. Er hielt den Kasten, den er vorhin aus der Vertiefung nahm, zwischen den Händen, die so sehr zitterten, daß dieser hin und her flog.

„Ist das der Kasten, den Du am Bord des Holländers gestohlen hast?" fragte der Deichvoigt rasch, und Zachäus Busch, bewältigt von der Macht des Augenblickes, antwortete mit zitternder Stimme: „Ja!"

„Ihr habt es gehört!" sagte der Deichvoigt rückwärts gewendet zu den beiden Männern, die mit ihm eingetreten waren. „Thut Eure Schuldigkeit."

Als Zachäus Busch die Beiden gewahrte, die sich ihm auf eine so bedrohliche Weise näherten, und inne ward, daß außer dem Deichvoigt noch andere Zeugen gegenwärtig waren, fiel er in ein krampfhaftes Schluchsen und schrie:

„Ich habe Nichts gesagt! Ich weiß von Nichts."

„Das ist nun zu spät, Ihr alter Schurke!" entgegnete der Deichvoigt. „Euer Bekenntniß ist vor Zeugen abgelegt und Ihr seid ein Dieb, der Strandgut geborgen und nicht abgeliefert hat. Nehmt ihm das Ding weg, das er in der Hand hält, damit wir sehen, was darin ist und die nöthige Anzeige machen können."

Die beiden Männer, welche zu den Untergebenen des Deichvoigts gehörten, folgten dem Befehl. Der alte Busch setzte sich auf das Entschiedenste zur Wehre, aber vergebens. Als man ihm den Kasten entrissen hatte, fiel er in Krämpfen zu Boden.

„Laßt sehen, was es ist!" sagte der Deichvoigt und öffnete mit dem daran hängenden Schlüssel nicht ohne Mühe den Kasten, da das Schloß in der feuchten Erde rostig geworden war. „Haltet das Licht näher! Geld und Papiere, wie ich sehe. Nun, der Herr Amtmann wird schon wissen, was damit anzufangen ist. Packt den Spitzbuben und nehmt ihn mit Euch. Vorher aber sucht genau nach, damit Nichts zurückbleibt. Und seht zu, daß er Euch nicht entläuft, wenn er sich erholt hat. Ich gehe zu dem Herrn Amtmann auf das Ritzebüttler Schloß."

Der Deichvoigt entfernte sich, den mit Geld und Papieren gefüllten Kasten unter dem Arm. Die beiden Männer suchten und fanden ein Ende Tau, womit sie zur mehreren Sicherheit dem alten Busch die Hände auf den Rücken zusammen banden, und machten sich dann mit ihm auf den Weg.

Am Nachmittage desselben Tages war Claus Peters mit einem Helgolander Fischer, der bei Neuwerk angelaufen war, in Cuxhafen angekommen. Völlig ausgerüstet zu einer Reise jenseits der rothen Tonne und sollte sie bis an das Ende der Welt gehen, stand er auf der alten Liebe und rief einem ihm befreundeten Schiffer zu, ob der Capitain, der ihm einen Platz auf seinem Deck versprochen habe, zum Auslaufen bereit sei? Claus Peters hielt dafür, daß der Abreise Nichts mehr im Wege stehe, da er sich eingestellt habe, und war nicht wenig erschrocken, daß der Capitain, da seine Liegezeit abgelaufen und der Wind günstig war, ohne ihn in See ging.

„Das ist nicht zu ändern, entgegnete der Schiffer achselzuckend auf alle Klagen des jungen Seemanns, die nun laut wurden. „Rathe Dir, Deinen Aerger zu vertrinken und Dich dann auf das Ohr zu legen. Morgen früh wird wohl besser Wetter sein. Capitaine giebt es genug in der Welt, und Jeder von ihnen braucht ein Dutzend Matrosen und mehr. Komm' mit mir nach der Schenke der alten Gesche Ehlers. Das Weib ist zwar krumm und hinkt auf dem linken Beine, aber ihre Kojen sind gut und ihr Grog ist steif."

Claus Peters konnte nichts Besseres thun, als diesem Rathe folgen. Und kaum sah er sich unter Dach und Fach, das dampfende Glas vor sich und die brennende Pfeife in der Hand, als die unerwartete Kunde von der Gefangennahme des Zachäus Busch in der Schenke der alten Gesche Ehlers anlangte. Sie ging von Mund zu Mund, von dem Gefängniß, worin man den Gefangenen untergebracht hatte, bis in die fernsten Außendeiche. Mit jedem Schritte wuchs sie so lawinenartig, daß sich von all' den Gräueln, welche man vernahm, das Haar auf dem Kopfe sträubte und die Wirthin vor Schrecken ein Glas Grog, das sie für einen ihrer liebsten Gäste mit besonderer Sorgfalt bereitet hatte, in der Angst selbst austrank.

Der Amtmann hatte sich von dem Deichvoigt genauen Bericht erstatten lassen. Der gefundene Kasten wurde von Gerichtswegen in Beschlag genommen und der Inhalt desselben genau festgestellt. Man fand eine bedeutende Summe in holländischen Ducaten, sammt mehreren Familien= und Werthpapieren. Der alte Busch wurde verhört, allein er war so verstockt, daß er nicht eine Frage beantwortete. Kein Wort war aus ihm heraus zu bringen und man sah sich genöthigt, zu ernsten Maßregeln zu greifen.

„Was wird die Dore sagen, wenn sie dies Alles erfährt?" dachte Claus Peters. „Daß der alte Spitzbube nicht ihr Vater ist, weiß sie, aber sie betrachtet sich als Findling und gehört nun am Ende gar einer guten Familie an, welche sie mit offnen Armen auf=

nimmt, was wir gewiß hören werden, wenn der Herr Amtmann erst mit der Sprache herausrückt. Was dann aus ihr wird, ob eine Kaufmanns- oder eine Capitainstochter, weiß ich nicht zu sagen. Und was der Vater, der gewiß ein vornehmer Hans ist, sagen wird, wenn der Matrose Claus Peters bei ihm um die Dore anhält, kann ich mir denken. Es klingt mir vor den Ohren, als würde ich ausgelacht. Wie ich die Dore kenne, wird ihr mit der vornehmen Freundschaft auch nichts gedient sein und am Ende wäre es besser, wenn die Fluth bei dem letzten Wattengange uns Beide mit sich genommen hätte."

Während Claus Peters in dieser Weise seinem schweren Herzen Luft machte, langte ein Schreiben aus Hamburg in der Amtsstube an, wodurch diese Angelegenheit eine eben so unerwartete, als rasche Wendung nahm.

Es war eine eigene Geschichte, welche in dem Briefe stand, den der dirigirende Arzt des allgemeinen Krankenhauses geschrieben hatte.

Und dies ist die Geschichte:

„Vor vielen Jahren erschien ein englischer Schiffscapitain in der Amtsstube des hiesigen Krankenhauses, und zeigte an, daß er auf offner See ein Schiff treibend fand, das als ein völliges Wrack zu betrachten

gewesen sei. Es habe sich ein Mann am Bord des=
selben befunden. Dieser wurde geborgen und gleich
darauf wäre das Wrack gesunken. Der Gerettete sei
noch nicht lange am Bord gewesen, als sich heraus=
stellte, daß derselbe, wahrscheinlich in Folge des statt=
gehabten Unglücks, seinen Verstand verlor. Er habe
den Unglücklichen in einen Wagen bis hierher gebracht
und wünsche, daß man sich desselben annehmen möge.
Der Kranke wurde aus dem Wagen auf die für
seinen Zustand geeignete Station gebracht und der
Engländer entfernte sich."

Der Brief erzählte nun weiter, was mit dem
kranken Mann geschah, und stimmte dies so ziemlich
mit Dem überein, was der Lampenwärter Steffen dem
Claus Peters erzählte, als sie auf dem Sande vor
der Nordbaak ihre Morgenrast hielten. Dann aber
hieß es weiter:

"Jahrelang blieb der Zustand des Holländers der=
selbe. Er konnte zu manchen Dienstleistungen ver=
wendet werden, die er willig und gern that; nament=
lich wurde er in der Schreibstube mit Ausfertigung
der Listen und andern Arbeiten beschäftigt. Aber nie
ging ein Wort über seine Lippen. Kein lichter Moment
kam über ihn. Er wußte nichts von Vergangenheit
und Zukunft, eine todte Maschine in der Gegenwart."

„Da, vor nun ungefähr einem halben Jahre, wurde der Mann von einer schweren Krankheit befallen. Es war ein hitziges Nervenfieber. Seine Phantasieen waren maßlos. Jahrelang hatte er geschwiegen, dafür war jetzt die entfesselte Zunge unaufhaltsam in Bewegung. Es waren wilde, verworrene Geschichten, ohne allen Zusammenhang, die er vorbrachte. Endlich gelang es der Kunst der Aerzte des Fiebers Herr zu werden. Der Mann genas und von der früheren Störung des Geistes fand sich keine Spur. Er sprach völlig zusammenhängend und legte uns zu unser Aller Erstaunen in klaren Worten seine Vergangenheit dar.

Der Brief enthielt an dieser Stelle einen kurzen Inhalt jener Mittheilungen. Der Amtmann entnahm daraus, daß der Mann auf dem bei der Kugelbaak gestrandeten Fahrzeuge und der Mann in dem Krankenhause eine und dieselbe Person sei. Daran schloß sich die Erwähnung, daß man schon bei der Ankunft des kranken Mannes über diesen Unglücksfall an der Kugelbaak Erkundigungen eingezogen habe, und folgende Worte bildeten den Schluß des Briefes, der auf Alle, die ihn lasen, den tiefsten Eindruck machte:

„Der Mann ist ganz vernünftig und in sein Geschick ergeben. Er kann ohne Gefahr für sich und Andere in die Welt hinaustreten; allein er will in dem Hause bleiben, worin er so viele Jahre lebte, und seinen Unterhalt mit Arbeit bezahlen. Nur **einen** Wunsch hegt er, nämlich die Stätte zu sehen, wo jenes große Unglück ihn getroffen hat. Da wir glauben, daß es ihm zur Beruhigung gereichen würde, wenn dieser Wunsch in Erfüllung ginge, haben wir es ihm gestattet. Mit der nächsten Gelegenheit wird er dorthin gesandt werden und wir würden es mit Dank anerkennen, wenn dem Unglücklichen bei seinem dortigen Aufenthalte jeder Vorschub geleistet würde, den sein Unglück verdient."

Noch vor dem Eintreffen des Briefes hatte man es für nöthig gefunden, die vermeinte Tochter des Zachäus Busch dem Letztern gegenüber zu stellen. Durch Claus Peters, dessen Anwesenheit nicht verborgen blieb, ermittelte man den Aufenthalt der Dore und brachte sie nach Cuxhafen. Zachäus Busch erklärte, daß er von der verlaufenen Dirne Nichts wissen wolle, und verweigerte mit einer seltenen Verstocktheit jede Antwort auf die an ihn gerichteten Fragen.

Der angekündigte Gast traf unterdessen ein. Der Amtmann nahm denselben freundlich auf und sorgte dafür, daß ihm alle seine Wünsche erfüllt wurden. Als der Mann von der Kugelbaak zurückkam, sagte er zu demselben:

„Ich habe Alles begraben und ergebe mich in mein Schicksal, wie bitter es auch ist. Einen Wunsch hätte ich freilich noch, doch der wird mir nicht erfüllt werden."

„Wer weiß!" sagte der Amtmann. „Man muß nie an Gottes Barmherzigkeit zweifeln. Aber Ihr werdet mir wohl eine Frage zu gute halten und mir diese beantworten, wenn es Euch möglich ist?"

„Der Herr Amtmann ist so freundlich," war die Antwort, „daß ich ein undankbarer Mensch sein müßte, thäte ich nicht Alles, was in meinen Kräften steht, sein Verlangen zu erfüllen. Was will der Herr Amtmann von mir wissen?"

„Könnt Ihr Euch auf die einzelnen Vorfälle besinnen, die sich während der Strandung und nach derselben begaben und wollt Ihr mir diese mittheilen?"

„Das will ich thun, Herr Amtmann, so gut ich es vermag, und dies ist Alles, was ich weiß. Als wir bereits in so großer Noth waren, daß uns Nichts mehr retten konnte, fingen meine Leute an zu rebelliren und verweigerten mir den Gehorsam. Sie bemächtigten sich des Bootes und da sie nur nothdürftig in demselben Platz fanden, ließen sie mich und mein hülfloses Kind zurück. Aber die Hand Gottes ergriff sie und bestrafte sie für ihren Frevel. Sie waren noch nicht weit von dem Schiffe entfernt, als eine gewaltige Welle das Boot faßte und es in den Abgrund riß. Ich habe es selbst gesehen. Ohne allen Beistand blieb mir nichts übrig, als die Segel nieder zu werfen und das Fahrzeug treiben zu lassen, wohin es wollte und konnte. Es dauerte auch nicht lange, daß es mitten in der Brandung steckte und dann auf den Strand lief. Ich schrie laut auf und eilte zu meinem Kinde, allein ich war so angegriffen, daß ich kaum bis dahin gelangen konnte. Meine Kniee brachen zusammen und was mit mir in jener Zeit vorgegangen ist, wie lange die Ohnmacht, worein ich fiel, gedauert hat, vermag ich nicht zu sagen. Als ich endlich mein Bewußtsein wieder fand, sah ich einen Menschen, der die Spinden aufgerissen hatte und Alles durchwühlte, was sich darin befand. Er mußte mich nicht bemerkt haben, denn ich lag hinter dem großen Klapptisch, der, wie Euch bekannt ist, in der Mitte jeder Cajüte steht. Ich erhob mich, so schnell ich es bei meinem Zustande vermochte, und wollte den Räuber hindern. Als er mich gewahrte, schrie er laut auf und ließ vor Schrecken fallen, was er gerade in Händen hatte. Längere Zeit standen wir uns gegenüber, und ich konnte mir seine Züge genau einprägen. Ihm mußte es eben so gehen, denn er hielt seine Augen so fest auf mich gerichtet, daß es mir fast weh that. Vor ihm auf dem Boden sah ich das Kästchen liegen, welches eine große Baarsumme und außerdem Papiere enthielt, die für mich von der größten Wichtigkeit waren. Schnell bückte ich mich darnach, allein kaum war dies geschehen, als mich der Räuber packte. Ich hörte nur noch, wie mein Kind von dem Lärmen erwachte und zu weinen anfing. Gleich darauf empfing ich einen schweren Schlag auf den Kopf und meine Besinnung schwand. Als ich auf's Neue zum Leben erwachte, merkte ich an dem Schwanken des Schiffes, daß dies wieder geflottet war. Aber alle meine Baarschaften und was mich weit schmerzlicher traf, mein Kind vermißte ich und nun trat jener entsetzliche Zustand ein, worin man mich gefunden hat."

Der Amtmann bemerkte die innere Aufregung des Mannes und lenkte das Gespräch auf einen andern Gegenstand. Als sich Jener etwas gesammelt hatte, fragte er obenhin:

"Aber jener Räuber, der bei Euch an Bord kam, als das Schiff auf dem Strande saß? Wie ist es damit? Glaubt Ihr, daß Ihr denselben wieder kennen würdet, wenn er plötzlich vor Euch erschiene?"

"Unter Hunderten!" war die Antwort. "Ich habe mir seine Züge genau eingeprägt und in meinen Fie=

heranfällen zeigten alle Spukgestalten, die mich ängstigten und quälten, nur ein und dasselbe Gesicht."

„Es ist gut!" entgegnete der Amtmann abbrechend. „Ihr seid sehr erschöpft, darum geht auf Euere Stube. Heute Abend besuche ich Euch, um die Erzählung, die ich von Euch empfing, mit einer andern zu vergelten, und morgen hoffe ich, Euch eine Nachricht geben zu können, die Euch willkommen sein wird."

Der Morgen kam und der Amtmann saß zu Gericht. Zachäus Busch stand mürrisch und verschlossen auf dem ihm angewiesenen Platz. Der Deichvoigt und die Dore wurden ihm gegenüber gestellt. Der Erstere rief ihm zu, daß er ihn auf frischer That bei dem Ausgraben des Kastens ertappte und daß alles Leugnen nichts helfe. Das arme Mädchen, von allen diesen Ereignissen schwer betroffen, beschwor ihn, reumüthig zu bekennen und nicht durch seine Verstocktheit den Jammer zu vergrößern. Zachäus Busch blieb stumm und nur an dem Zucken der Mundwinkel erkannte man die Heftigkeit seiner inneren Erregung.

Da erhob sich der Amtmann und mit lauter Stimme rief er dem Angeklagten zu:

„Der Mann, in dessen Cajüte Du Dich drängtest, um ihm sein Geld und sein Kind zu stehlen, und den

Du erschlugst, als er sich zur Wehre setzte, steht hinter Dir. Schau' Dich um, Zachäus Busch!"

Unwillkührlich gehorchte er dem Befehl. Vor ihm stand der Holländer. Dieser hielt den Blick auf ihn gerichtet und sagte dann mit festem Tone:

„Er ist es!"

Mit dem alten Busch ging eine furchtbare Veränderung vor. Es war, als ob ein Blitz sein Haupt berührte und der electrische Strom durch alle seine Nerven fuhr. Zerschmettert sank er zusammen und rief mit kreischender Stimme:

„Ich will Alles bekennen!"

Mit diesem Schrei des Entsetzens schloß die Scene vor dem Gericht. Der alte Busch lag in Krämpfen und war keines Wortes mächtig.

——————

Es war ein klarer Herbstmorgen. Die Sonne schien hell. Der Südost ging scharf. Vater Matthes hatte seine Lampen gereinigt und mit Oel versorgt. Die Spiegelscheiben waren blank polirt und er stieg nun nach beendetem Tagewerk die Treppe hinab. An dem Fuße derselben stand sein Maat Steffen und rief ihm entgegen:

„Wir kriegen Besuch. Euer Jan ist von Cuxha=

fen zurück und meldet soeben einen Wagen voll Gäste an, der ihm nahe auf den Hacken war. Sie schickten ihn voraus, um sie anzusagen."

Vater Matthes schüttelte verdrießlich mit dem Kopfe und entgegnete:

„Neugierige Hamburger vermuthlich, die hier allerlei unnützes Zeug angeben und dann zu Hause mit ihren Heldenthaten prahlen. Nichts lassen sie an seiner Stelle und glaubten Wunder, was sie thun, wenn sie ein paar Doppeltmarkstücke zurücklassen. Gebe nichts um solche Besuche."

„Keine Hamburger!" sagte Steffen mit Laune. „Diesmal ist es ein holländischer Mynheer."

„Auch nichts Besseres!" brummte Vater Matthes.

„Heißt Jan van Steen."

„Meinetwegen."

„Hat blanke Ducaten im Sack."

„Was schiert das mich?"

„Seine Tochter hat er auch bei sich. Sie heißt Flortje van Steen."

„Sagt mir, Steffen, was mich das Alles angeht?"

„Flortje van Steen, sagte ich," fuhr Steffen in seiner heitern Laune fort. „Bis vor acht Tagen hieß sie noch Dore Busch."

„Was ist das für ein Schnack?"

„Ein guter Schnack, sollte ich meinen. Die Dore ist eine Kaufmannstochter geworden und will Euch mit ihrem Bräutigam besuchen."

„Bräutigam! Wer ist ihr Bräutigam?"

„Euer Neffe Claus Peters, vorausgesetzt, daß Ihr es ihm erlaubt, eine holländische Kaufmannstochter zu heirathen."

Vater Matthes stand mit offnem Munde da. Es schien, als wären ihm alle seine fünf Sinne auf einem Mal abhanden gekommen, und er hatte sie noch nicht wieder gefunden, als der Wagen schon am Fuße des Leuchtthurms hielt und der Claus Peters ihm jubelnd zurief:

„Da bringe ich Euch die Dore. Sie heißt jetzt Flortje van Steen und ist meine Braut."

Mynheer Jan van Steen trat zu der Gruppe und sagte:

„Es ist so. Soll ich meine Tochter nur wieder= gefunden haben, um sie zu betrüben? Mag sie mit dem Manne glücklich werden, mit dem sie sich in den Tagen ihrer Noth verlobte. Ich verlange Nichts von ihm, als daß er ihr treu und gewärtig bleibt."

„In Noth und Tod!" sagte Claus Peters, indem er seine Braut an sich drückte. „Das Märchen geht in Erfüllung. Der Blumenprinz von Terschelling führt seine Prinzessin Augentrost mit sich fort und schlägt dem Wasserkönig von Wangeroog ein Schnippchen."

„Das ist Alles gut, Claus Peters," sagte der Steffen. „Aber Du hast einen Nebenbuhler und der Dirksen Dölln ist ein heftiger Mann."

„Darum gehen wir ihm aus dem Wege, Steffen," sagte Claus Peters. „Ich folge noch in diesem Herbst meinem Schwiegervater nach Amsterdam, sobald Capitain Matjen, der in Curhafen liegt, ausklarirt. Ich wollte längst über die rothe Tonne hinaus, dachte aber nicht, daß mein Wunsch so glücklich in Erfüllung gehen würde."

Er blickte dabei seine Braut an.

Die Gesellschaft war mit der tiefsten Ebbe auf Neuwerk angelangt. Jetzt kam die Fluth. Sie rauschte von der rothen Tonne her gegen die Insel heran und umgab sie mit einem schimmernden Kranze hochaufbrandender Wellen.

Das war vordem!

Das war vordem!

Rollende Elbe, Du rastlose Wanderin, die durch die Lande brauft, von den Böhmischen Bergen an felsigen Ufern vorüber, bis zur weitausgedehnten Mündung und dann wieder rückwärts fluthest und an die steinernen Bollwerke befreundeter Städte pochst, nimm mein Boot auf Deinen Rücken und trage mich bis zu d e r Stelle, wo ich gern ruhe an den grünen Abhängen des Deiches und hinausschaue in die Unendlichkeit.

Im steten Wandel bleibst Du dieselbe. Geht auch einmal das Fahrwasser „mehr um die Süd" und ein anderes Mal „mehr um die Nord" herum, wie Deine Lootsen sagen; nehmen Deine schwarzen und weißen Tonnen im Laufe der Zeiten verschiedene Lagen ein, die rothe Tonne bleibt das Ziel und der Endpunkt Deines Lebens und Strebens; jenseits derselben wogt und braust die gewaltige See.

Aber hinter den Deichen und Dämmen, mit denen Du in stetem Kampfe lebst; hinter den Dünen wohnt längst ein anderes Geschlecht. Andere Sitten und Gebräuche sind an die Stelle der früheren getreten und was vordem war, tritt in der Erinnerung vor die Seele der jungen Gegenwart.

Der Tag behauptet seine Rechte. Ihm gehören das Licht und das Leben. Aber am Abend, wenn die Nebel aus dem Strome aufbrauen und über das Land hinziehen; wenn auf dem Herde das Feuer glüht und die Lampe in der Dönse ein trauliches Halbdunkel verbreitet: dann sitzt auf der Ofenbank ein altes Mütterchen, oder ein Greis mit der einsamen Silberlocke auf dem kahlen Scheitel und die Enkel und Urenkel zu ihren Füßen horchen auf die Erzählungen, welche Jene ihnen zuflüstern, wie es in vergangenen Tagen gewesen. Sie sprechen vom Strandrecht und von dem Kirchengebet, darin um einen gesegneten Strand gefleht wird, und die jungen Herzen schlagen vor Furcht und Erwartung. Wenn aber der letzte Ton verhallt und die Geschichte ihr trauriges Ende erreicht, athmen sie wieder frei und eine liebliche Stimme flüstert:

„Gottlob! Das war vordem!"

Dort liegt Neuwerk, die verzauberte Märchen-Insel, wo die schöne Prinzessin Augentrost im Sande vergraben liegt und des Blumenprinzen von Terschelling harrt, der sie aus ihrer Noth erlösen soll, worein der Wasserkönig von Wangeroog sie stürzte. Aber nichts Märchenhaftes taucht zu dieser Stunde aus den Wellen auf. Alles Oede, Wilde, Unfruchtbare an diesem Strande ist die nackte, kalte Wirklichkeit.

Fest und unerschüttert steht auf diesen zusammengewehten und angeschwemmten Dünen der Thurm von Neuwerk und trotzt dem Sturm der Jahrhunderte. Als innerhalb seiner starken Mauern die Helme und Harnische rasselten, als die Humpen und Becher zusammenklirrten und wilde Lieder gegen die Wände schlugen, war hier eine blutige Zeit. Ein fliegendes Lager — rasch entstanden und eben so schnell verschwunden — dehnte sich zu beiden Seiten des steinernen Kolosses längs dem Strande aus und auf der Fluth schaukelten sich die Schiffe, auf deren Decken die eisernen Kanonen lagerten und von deren Mastspitzen die Blutflagge der Piraten mit dem Todtenkopfe wehte.

Das war in den Schreckenstagen der Vitalienbrüder, welche auf diesem Eilande ihr festes Lager bauten und von dessen Ufern aus ihre Streifzüge durch die nordischen Meere machten. Hier hausete

Claas Störtebeber und sein Hauptmann, der Götke Michel, sammt dem Magister Wigbold, das blutige Kleeblatt, das im Kampfe kein Erbarmen kannte und von deren Orgien die sieben Fuß starken Mauern des neuwerker Thurmes sichtbare Zeugen sind. Oftmals in stillen Nächten, wenn die Wetter zu schlafen scheinen, oder wenn die Brandung wild über die Dünen jagt, fliehend vor dem Nordwestsurm, stöhnt und heult es innerhalb jener Mauern, wie ein Echo aus vergangenen Tagen, oder es lacht hell auf, daß es durch Mark und Bein zittert und das alte Lied vom „Störtebeber und Götke Michel" hallt an den Wänden wieder.

In einem steinernen Gemache des oberen Geschosses glühte ein mächtiges Feuer, und ein Mann mit spitzem Kinn und zwei heimtückisch lauernden grauen Augen stocherte mit einer Schürstange in den glühenden Kohlen umher. Seitwärts von der Gluth stand ein im Sieden begriffener Kessel.

In der Mitte des Gemachs, welches nur von dem Kohlenfeuer erhellt ward, saß auf einem Holzschemel eine feste, gedrungene Gestalt und mit einem vom heißen Trunk glühenden Gesicht. Das war Hanke Lüber, der Strandvoigt von Neuwerk, und der Mann am Feuer war Jasper, der Jüte, der Erste unter den

Knechten und der Vertraute des Voigtes, den sie den wilden Lüber nannten. Der Voigt that den letzten Zug aus dem vor ihm stehenden Kruge und schlug dann drei Mal den Deckel auf und zu.

Auf dieses Zeichen kam der Knecht mit dem siebenden Kessel, füllte den leeren Krug und ging zum Feuer zurück. Der Voigt blickte ihm mit gerunzelter Stirn nach und rief:

„Ist der Narr stumm geworden?"

„Stumm und taub, oder doch nahe daran," entgegnete der Knecht mit eintöniger Stimme. „Gestern um Mitternacht hat es im Marienwinkel geseufzt und schon wiederum ist Mitternacht nahe."

„So vertrinke die Grillen und stimme ein Schelmenlied an!" sprach der wilde Lüber.

„Ist mir nicht wie trinken!" sagte der Knecht Jasper, nach seinem Herrn schielend. „Die Marienseufzer, die mein Ohr trafen . . ."

„Schweig!" befahl der Voigt. „Marie hieß mein Weib. Du sollst ihren Namen nicht in meiner Gegenwart nennen. Reize mich nicht durch Widerspruch."

„Ich spreche nur vom Marienwinkel und das ist die dunkle Kammer, in welcher sie ihren Geist aufgab, aus Kummer über die Mißhandlung ihres Sohnes."

Der Voigt schwieg. Er bebte zusammen, als ob ein kaltes Frösteln seinen Rücken hinab rieselte. Die Hand streckte sich nach dem Kruge aus, aber er zog sie wieder zurück.

„Der junge Taugenichts erhob die Hand gegen den Vater!" sagte der Voigt mit dumpfer Stimme.

„O, nicht doch, Herr!" entgegnete der Knecht Jasper. „Er drängte nur die Faust zurück, die nach seiner Mutter schlug."

„Meine Härte hat mir leid gethan, aber ich konnte es nicht ändern!" sprach der Voigt. „Sie war mir überall entgegen und wollte stets nur Das, was ich nicht wollte. Da lief mir dann oft die Galle über."

„Bis zum Erschrecken!" murmelte der Knecht vor sich hin.

„Wir hätten uns nicht heirathen müssen," fuhr Jener fort. „Keines paßte zum Andern. Ihre Schönheit hatte mich verblendet."

„Ihr meintet, einen luftigen Schmetterling einzufangen und bekamt eine Betschwester."

„Meinethalben hätte sie beten mögen vom frühen Morgen bis in die sinkende Nacht!" warf der Voigt hin. „Aber sie wollte mich bekehren, wollte mich zum

Betbruder machen und was weiß ich! Da lief mir die Galle über . . ."

„Und der wilde Lüder schlug um sich!" lachte der Knecht Jasper. „Das wollte der Bube nicht leiden."

„Erinnere mich nicht stets an den Buben!" fuhr der Voigt auf. „Ich habe ihn in die weite Welt gehen heißen und er ist gegangen."

„Er war ein blasser, stiller Knabe!" sagte der Knecht. „Er trübte kein Wasser."

„Ein Waschlappen war er!" fuhr der Alte auf. „Gut genug zu einem Dintenkleckser, oder so etwas dergleichen. Wollte ihn zu einem rechten Strand= mann erziehen; zu einem Helfer für meine Mannes= jahre und zu einer Stütze für mein Greisenalter. Aber er bebte bei jedem harten Worte zusammen, wie die Blätter an den Weidenbäumen hinter dem Deich, wenn der Wind mit ihnen spielt. Warfen die Wellen eine Leiche an den Strand, schrie er laut auf . . ."

„Anstatt nachzusehen, ob sie etwas Nennenswerthes an Geld und Gut bei sich führte. Und wenn dies sich vorfand und es blieb ein Zweifel, ob der Angetrie= bene wirklich todt sei, dann . . ."

Der Knecht Jasper sagte nichts weiter; aber er

machte mit der Rechten eine nicht mißzudeutende Bewegung nach seiner eigenen Kehle. Der Voigt sah es und sprang auf den Knecht ein:

„Satan von einem Kerl! Hast Du jemals Etwas von mir gesehen, daß ein solches Wort gesprochen werden darf?"

„Ihr seid ein so kluger, unerschrockener Mann, als jemals Einer dem Amte eines Strandvoigtes vorstand, sagte der Knecht ausweichend. „Habe es mir viele Mühe kosten lassen, Euch auf die Sprünge zu kommen; aber der Teufel muß gut Freund mit Euch sein; es hat mir nie gelingen wollen."

„Du hast um mancher Dinge willen einen Stein bei mir im Brett," sagte der Voigt nach einer Pause gelassen; „aber ich rathe Dir, nicht allzusehr darauf zu pochen, wenn Du fernerhin gute Zeit haben willst. Und von dem Jungen und von der Frau sollst Du nicht mit mir sprechen; nicht um Mitternacht."

„Der Junge lief in die weite Welt und die Mutter starb darüber aus Gram!" sagte der Knecht. „Meint Ihr, sie käme wieder, wenn ich auf das Gestöhn im Marienwinkel horche? Ich will mir die Ohren zustopfen."

Der Knecht zog sich in die Nähe des allmählich verglimmenden Feuers zurück. Er kauerte am Herde nieder, zog sich die Kappe über das Gesicht und hüllte sich in die neben ihm liegende wollene Decke. Der wilde Lüder sah ihm zu und murmelte vor sich hin:

„Ist ein Jüte, der Kerl! Ohne Courage, Mann gegen Mann, aber voll Hinterlist und Tücke. Will auf meiner Huth sein, damit er nicht unversehends, wie ein falscher Hund nach meinem Beine schnappt. Pah! Ein erbärmliches Leben hier am Strande, wo man den Todten noch einen Bückling machen und um die Erlaubniß bitten muß, sie ehrlich begraben zu dürfen. Warum habe ich nicht in jenen Tagen gelebt, als alles Gut, was auf dem Strande gefunden wurde, dem Herrn des Strandes gehörte? Alles Gut! Das lebende, wie das todte! Eine ganze Heerde von Leibeignen konnte sich Einer anschaffen und wenn er die Aufsässigen vor den Kopf schlug, krähte kein Hahn darnach! Und man darf seinen Unmuth nicht einmal laut werden lassen, sondern muß ihn in sich verschließen und ein frommes Gesicht schneiden, wie neulich, da der Pfaff aus Ritzebüttel hier war. Ich will es verschlafen."

Der wilde Lüder warf sich auf die breite Bank, die dem Feuer gegenüber stand, und schloß die Augen. Mitten im Schlafe lachte er so laut auf, daß Knecht Jasper mit einem Schrei in die Höhe fuhr. Es waren der Klaas Störtebeker und seine Genossen, die ihm im Traum erschienen und dies Lachen hervorriefen.

In der Kirche zu Döse war feierlicher Gottesdienst und die zahlreich versammelte Gemeinde lauschte den salbungsreichen Worten, welche von der Kanzel herabtönten. In dem Hauptgange, der Kanzel gegenüber, standen zwei Männer, die während des Gottesdienstes öfters Blicke wechselten. Der Eine war ein junger, frischer Bursche in der blauen Seemannsjacke, mit einem offenen, fröhlichen Gesicht und hellen, lachenden Augen. Er galt für einen Waisenknaben, hatte vom Deckläufer an das Seewesen durchgemacht und stand nun im Begriff, mit einem Dreimaster als Steuermann nach Brasilien zu segeln. Lüder Hein hieß der junge Seemann, der fest und sicher auftrat, wie Männer aufzutreten pflegen, die Alles, was sie sind, der eignen Kraft verdanken.

Sein Nachbar war ein alter Mann mit ergrautem Kopfe und wankenden Knieen. Er hielt einen Stock zwischen den Händen, auf den er sich stützte. Seine Kleidung war äußerst dürftig, von den schabhaften Schuhen an bis zu dem fadenscheinigen Oberrock, der nicht weit genug war, die magere Figur einzuhüllen. In dem Gesichte war etwas Unruhiges und die Augen funkelten in einem unheimlichen Glanze. Christoph Blacker war ein Mann, der von einem Handel mit Gegenständen aller Art lebte, wie solche von einer Gemeinde auf dem Lande gebraucht werden. Man sagte ihm nach, daß er ein schmutziger Geizhals sei und sich um die Art eines Geschäftes nicht viele Sorge mache, wenn sich nur etwas Namhaftes dabei verdienen lasse.

Diese beiden Männer waren vor nicht gar langer Zeit mit einander bekannt geworden und standen, trotz ihres ganz verschiedenen Alters und ihrer sich völlig entgegenstehenden Gesinnungen in einem lebhaften Verkehr. Lüder Hein bedurfte zu seiner Ausrüstung einiger Kleinigkeiten, die er in dem Hause des Christoph Blacker zu finden hoffte. Das Gesuchte ward gefunden, und während Beide um den Preis der erhandelten Waare feilschten, trat Grete, die Tochter des alten Blacker, ein. Der Anblick derselben verwirrte den jungen Seemann so sehr, daß er seinen Geldbeutel auf den Tisch warf und dem Kaufmann freistellte, so viel als die Waare kostete, aus demselben zu nehmen. Begierig steckte Christoph Blacker die Hand nach dem Gelde aus; aber ein Blick aus den Augen seiner Tochter bestimmte ihn, nicht mehr davon zu nehmen, als ihm wirklich zukam. Seit jenem Tage, da er den Geldbeutel des jungen Matrosen sah, in welchem sich auch mehrere ausländische Goldmünzen befanden, faßte er eine gewisse Zärtlichkeit für den jungen Mann und suchte jede Gelegenheit auf, in seine Nähe zu gelangen.

Die Predigt war zu Ende und der Pastor bereitete sich vor, das Kirchengebet zu sprechen. In gewohnter eintöniger Weise verlas er die einzelnen Bitten. Er beugte das Haupt auf die Bibel herab und sagte nach einem kurzen Schweigen:

"Herr, himmlischer Vater, höre und erhöre auch unser demüthiges Flehen um einen gesegneten Strand. Laß nicht verloren gehen die Güter, die aus den geborstenen Schiffen fallen, sondern befiehl den Wellen, daß sie solche auf ihren Rücken nehmen und auf unsern Strand niederlegen, damit sie geborgen werden von treuen Händen und Denen nützen mögen, die ihrer bedürfen. Amen!"

Der junge Mann fühlte sich durch diese Worte an dieser Stätte schmerzlich berührt und sah sich nach seinem Nachbar um. Dieser schmunzelte wohlgefällig und der junge Seemann wendete sich unwillig ab.

Der Pastor verließ die Kirche und die Orgel spielte den Schlußchoral. Die Gemeinde stürmte in's

Freie. Der Alte und der Junge traten zu gleicher Zeit auf den Kirchhof hinaus und gingen neben einander her. Endlich sagte Lüder Hein:

„Der Pastor betete um einen gesegneten Strand heute."

„Er thut es alle Sonntage," entgegnete Christoph Blacker. „Und warum sollte er nicht?"

„Es ist eine heidnische Bitte und ich habe nicht Amen dazu gesagt."

„Ihr thut immer Etwas, was Andere nicht thun," bemerkte der Alte verdrießlich. „Und wenn nur die Grete nicht wäre, die nun einmal Macht über mich hat . . ."

„Dann würdet Ihr mich zur Thür hinauswerfen, statt sie mir zu öffnen und an Euerem Tische essen zu lassen," lachte der junge Matrose. „Wenn ein Tag kommt, an welchem, so es Gottes Wille ist, der Pastor mich und die Grete zusammen giebt, darf er das heidnische Gebet nicht sprechen; das mache ich mir aus. Es ist ja beinahe, als ob wir um Krieg, Pestilenz und theuere Zeit beten wollten. Beten um reichlichen Schiffbruch, damit der Strandvoigt und seine Genossen an sich raffen können, was ihnen wohlgefällt."

Bei der Erwähnung des Strandvoigts flog eine

dunkle Wolke des Unmuths über sein Gesicht. Er sah vor sich hin und hörte nicht, wie der Alte sagte: „Die Schiffbrüchigen, welche ertrunken sind, können es nicht mehr brauchen, und besser ist es, wenn es der Menschheit zu Gute kommt, die der irdischen Güter bedarf, als daß es im Wasser umkomme und die Fische es zernagen."

Die Beiden langten in dem Hause des Christoph Blacker an. Die Diele bot ein wüstes Durcheinander von Gegenständen aller Art, die der Inhaber dieses wunderlichen Geschäftes auf mancherlei Weise an sich brachte und die nun des Käufers harrten. Rohe Holzlatten liefen längs den Wänden. Die darin befindlichen langen Nägel waren an mancherlei Stellen mit Kleidern, Haus- und Ackergeräthen drei- oder vierfach behängt, und nur ein schmaler Weg führte in mehrfachen Krümmungen nach der Wohnstube, wo Grete bereits ihrer Mittagsgäste harrte.

Es war ein frisches, dralles Ding, diese Grete, mit hellen Augen und blühendem Kindergesicht. Ihr Wesen war offen und frei, soweit es sich in einem Hause entfalten konnte, das nach den Grundsätzen seines Besitzers geleitet wurde. Die Grete fügte sich nur mit Widerstreben in das Armselige und Kärgliche des Haushaltes. Im Gegensatze zu dem Geize des Vaters hatte sie einen leichten Hang zur Verschwendung, zu dessen Befriedigung ihr fast jede Gelegenheit fehlte. Sie hatte den jungen Seemann gesehen, der in dem freudelosen Hause erschien, wie ein Sonnenstrahl, der durch die Herbstnebel bricht, wenn die Brandung um die Baak von Scharhörn toset. Sie kam ihm freundlich entgegen, drängte ein stilles Fürchten zurück, daß der Vater diesen Umgang verbieten würde, als Lüder Hain fast täglich erschien, und blieb staunend, mit offenem Munde vor dem Vater stehen, als dieser für den nächsten Sonntag den jungen Seemann zum Essen bat und seiner Tochter befahl, tüchtig aufzuschüsseln, um einen solchen lieben Kundmann nach Verdienst und Würden zu bedienen.

Das einfache Mahl war bald vorüber. Grete hatte sich weise zu beschränken gewußt. Christoph Blacker schmunzelte, stopfte seine Pfeife aus dem Tabacksbeutel seines jungen Gastes, füllte sein Glas aus der Flasche, die dieser aus dem nahen Kruge hatte herbeiholen lassen, und setzte sich behaglich zu seinem großen Rechnungsbuche, dessen Inhalt bald seine ganze Aufmerksamkeit in Anspruch nahm.

Die jungen Leute blieben bei einander. Ihre Herzen öffneten sich. Es war der erste junge Mann, den der Vater in der Nähe seiner Tochter duldete.

Sie hörte mit der lebhaftesten Theilnahme auf ihn und vernahm Dinge, von denen sie sich in ihrer Einsamkeit nichts hatte träumen lassen. Eine neue Welt stieg vor ihr auf; ein frisches, fröhliches Seeleben. Eine reiche Handelsstadt mit großen prächtigen Häusern; ein stattliches Schiff mit blendend weißen Segeln und wehenden Flaggen, welches durch die See dahin brausete, und ein sonnenhelles, blüthenduftendes Land, das aus den Wogen auftauchte, zogen nach und nach an ihr vorüber. Und in den reichen, prächtigen Häusern, am Bord des raschbeschwingten Schiffes, sah sie sich selbst und neben ihr stand jedes Mal der junge Seemann, von dessen Lippen alle diese Herrlichkeiten flossen.

„Das muß wahr sein, Steuermann Hein," sagte Grete aufathmend. „Ihr wißt zu erzählen, daß Einem das Herz im Leibe lacht. Was habe ich in dieser einen Stunde nicht schon gehört! Und das Alles habt Ihr mit Euern eigenen Augen gesehen und seid ganz gewiß dabei gewesen, Steuermann Hein?"

„Das bin ich!" antwortete er. „Aber ich habe Dich schon vorhin gebeten, den Steuermann nach Backbord abfallen zu lassen. Lüber Hein heiße ich, und wenn Du mir nur ein wenig gut bist, merkst Du Dir diesen Namen."

Die Grete antwortete nichts darauf; aber ihre Wangen brannten und die Augenwimpern senkten sich.

Christoph Blacker stopfte die Pfeife zum zweiten Male, füllte das Glas bis zum Rande und sprach leise vor sich hin:

„Ich glaube, er sieht das Mädchen gern und sie hat auch keine Furcht vor ihm. Glaube, das wäre eine passende Gelegenheit, die Grete an den Mann zu bringen. Hierorts bekommt sie keinen. Das Volk ist mir aufsässig, weil ich das Meinige zu Rathe halte. Sie fürchten, wenn ich die Grete verheirathet habe, würde ich den Schwiegersohn für ein Kapital ansehen, das mir gute Zinsen bringen müsse."

Er schlürfte sein Glas zur Hälfte aus und fuhr in seinen Betrachtungen fort:

„Er trägt feine Kleider und hat Gold in den Taschen. Dazu hat er, wie ich höre, etwas Nützliches gelernt und kann in kurzer Zeit Capitain werden. Was bringt so ein Capitain nicht Alles mit aus fremden Landen. Und was er mitbringt, kann mir leicht zu gute kommen, wenn die Grete ihre Schuldig= keit thut und mir meine Wohlthaten vergilt, die ich ihr von Jugend auf erwiesen habe. Ich will es mir noch einmal genau überlegen."

Und die Hand am Kinn, den Kopf auf die Brust

gesenkt, sann er so ernst und tiefsinnig nach, bis die Augen sich unwillkührlich schlossen und die Pfeife seinen Händen entsank.

„Nun, Grete?" fragte Lüder Hein mit schmeichelndem Tone. „Woran hast Du die ganze Zeit gedacht, da Du kein Wort sprachst?"

„An Euch, Steuermann..." Sie schlug die Augen auf und ihre Blicke begegneten sich. Sie stockte und sagte dann in fliegender Hast:

„An Dich, Lüder Hein. Du willst mir gar nicht mehr aus den Gedanken."

„Halte mich nur recht fest, Grete, und siehe zu, daß der Platz nicht wieder leer wird."

„Nein! Nein" entgegnete sie und barg das Gesicht an seiner Brust.

Er streichelte sie, drückte einen Kuß auf ihre Stirn und sagte weich:

„Es soll Dich nicht gereuen. Was ich habe, ist nicht viel; aber ich gebe es Dir aus vollem Herzen und will keinen Theil mehr daran haben. Ich bin jung. Ein ganzes Leben liegt vor mir..."

„Ja!" fiel Grete ein. „Und eine ganze Welt von Geld und Gut, darin man leben und schaffen kann nach Herzenslust. Das soll eine Freude werden."

„Du leichtfertiges Ding!" schalt halb im Scherze

Lüber Hein. „Denkst an Geld und Gut und bunten Tand, während ich Dir ein volles Herz entgegentrage. Mir soll der Reichthum willkommen sein um Deinetwillen, denn ich will Dir gerne gönnen, was Dein Leben erheitern und erfreuen kann. Mir selbst genügt das Einfachste und Bescheidenste, wenn es mir von einer lieben Hand geboten wird. Ist das die liebe Hand, welche ich in der meinigen halte, Grete?"

„Ja!" entgegnete diese rasch, von der Treuherzigkeit des Geliebten hingerissen. „Arm oder reich, voll oder leer; sie faßt die Deinige und wird sich daran mit aller Liebe halten."

„Sie ist etwas hart und schwielig geworden im Dienst zur See; aber sie ist stark und hält über Wasser. Du sollst nicht untergehen. Sind wir Beide einig?"

Grete schmiegte sich fest an ihn und lispelte fast unhörbar. Aber sein Ohr erfaßte den willkommenen Laut und fröhlich rief er:

„So bist Du nun meine Braut und jetzt soll es der Vater wissen."

Christoph Blacker schreckte aus seinem kurzen Schlummer auf und rieb sich die Augen. Er mußte sich erst besinnen, ehe es ihm beifiel, daß er einen Gast habe, auf dessen Kosten er sich einen kleinen

Rausch anhängte. Langsam erhob er sich und sah seine Grete mit dem jungen Steuermann Hand in Hand vor sich stehn.

"Was bedeutet das?" fragte er.

"Das bedeutet ein junges Brautpaar, welches sich verlobte und nun zu Euch kommt und um Eure Einwilligung bittet," antwortete Lüber Hein. "Jetzt wißt Ihr Alles und wenn es Euch möglich ist, verliert nicht viel Zeit, sondern gebt Euer Wort und damit ist Alles in's Reine gebracht."

"Ho! Ho!" rief Christoph Blacker. "Das geht ja im Galop, wie ein Brautwagen, der mit vier Pferden bespannt zur Kirche fährt. Laßt erst hören, wer Ihr seid und woher Ihr kommt. Man will doch wissen, wer es ist, der auf diese Weise mit der Thür in's Haus fällt."

"Ich bin ein Waisenknabe," entgegnete Lüber Hein," und weiß von meiner Herkunft nichts. Was ich bin, das bin ich durch mich selbst und habe Fremden Nichts zu danken. Laßt die Vergangenheit ruhen und begnügt Euch mit Dem, was die Gegenwart bietet. Es ist genug, um zwei Menschen glücklich zu machen, und mehr bedarf es nicht."

Christoph Blacker zwinkerte mit den Augen, als wollte er sagen: "Das weiß ich besser. Dir fehlt es nicht; aber Du bist schlau und willst nicht mit der Sprache heraus. Ich werde Dir schon Deine Geheimnisse abfragen. Laut aber sprach er:

"Wenn Ihr Euch wollt und mit einander auszukommen denkt, sollt Ihr Euch haben; allein erst dann, wenn Lüder Hein von der großen Reise zurückgekehrt ist."

"So meine ich es!" erwiederte dieser. "Ich werde dann nach einer langen, mühseligen Fahrt in den ersehnten Hafen einlaufen."

"Dann aber," schob Christoph Blacker ein, "habe ich ein paar Bedingungen zu stellen, auf deren Erfüllung ich bestehen muß."

Grete wollte Einsprache thun, aber Lüder Hein hielt sie davon zurück und sagte:

Nennt sie und wenn es mir irgend möglich ist werde ich sie erfüllen."

"Sie sind nicht schwer!" fuhr der Alte fort. "Zuerst gelobt Ihr, die Grete zur Frau zu nehmen, wie sie geht und steht. Ihr dürft keine Aussteuer von mir fordern, noch viel weniger eine Mitgift, sondern müßt Euch ganz allein mit der jungen Frau begnügen, was doch auch die Hauptsache ist. Ich bin ein armer Handelsmann, der von der Hand in den Mund lebt, und von den wenigen Schillingen, die auf Gewinn und Verlust stehen, nicht einen einzigen entbehren kann."

„O, Vater!" sprach die Grete; allein Lüder Hein beruhigte sie und sagte:

„Das verspreche ich Euch. Von Euerm Gelde will ich keinen Pfennig haben und nach Eueren übrigen Herrlichkeiten trage ich auch kein sonderliches Verlangen. Es scheint mir nicht zum Besten damit bestellt zu sein. Was verlangt Ihr noch?"

Der Alte stockte einen Augenblick und sagte darauf:

„Was ich noch fordere, geschieht um Euretwillen und zugleich von wegen meiner Tochter, mit der Ihr nun doch Eins seid; ich habe nichts davon. Seht, Lüder Hein, Ihr geht weit von uns weg, in ein fremdes Land. Jahre können vergehen, bis Ihr heim kommt. Da ist man großen Gefahren ausgesetzt auf den weiten Fahrten zu Lande und zur See. Junges Volk wagt viel, ohne sonderlich vorher nachzudenken. Da ist es gut, daß man sich nicht zu sehr mit irdischen Gütern belastet . . ."

Lüder Hein lachte laut auf: „Deshalb, meint Ihr, soll ich meine gegenwärtige Habe zu Hause lassen, damit in den Taschen mehr Raum ist für den neuen Verdienst? Mein Geld hülfe Euerm Geschäft auf die Beine und Ihr brauchtet dafür keinen Zins zu zahlen. Das ist doch Euere Meinung, Christoph Blacker?"

Der Alte war einigermaßen verlegen, als der

junge Seemann ihm seine Gedanken gerade in's Gesicht sagte; allein er faßte sich bald und sprach:

„Es ist Euer eigener Nutzen. Kommt Ihr nach zwei oder drei Jahren wieder, findet Ihr Euer Kapital verdoppelt, vielleicht verzehnfacht vor. Wer kann wissen, wie das Glück uns wohl will? Sollte, was der liebe Herrgott verhüten möge, Euch ein Unglück zustoßen und Ihr kämt nicht wieder..."

„Beunruhigt Euch nicht," sagte Lüder Hein. „Darum sterbe ich nicht eine Minute eher, als es Gottes Wille ist, und wenn Ihr in allen Kirchen täglich drei Mal um einen gesegneten Strand bittet. Ihr sollt mein Geld bekommen, um es mir redlich aufzubewahren nach Eurer Weise, und wenn ich außerhalb Landes bleibe, wie Ihr es fürchtet, ist die Grete meine Erbin."

„So meinte ich es!" sagte Christoph Blacker erleichtert." Nur um das arme Kind ist es mir zu thun."

„Ich weiß, Ihr seid ein umsichtiger Vater!" lachte der junge Steuermann.. „Da nun aber unser Geschäft in Ordnung ist, laßt mich ungestört von der Grete Abschied nehmen. Morgen früh muß ich fort und wir haben uns noch Vielerlei zu sagen. Setzt Euch in Euere Lieblingsecke und rechnet nach, wie viele

Procente Ihr von zwanzig holländischen Ducaten und vierzig blanken Species im Laufe eines Jahres zu ziehen im Stande seid."

Christoph Blacker zog sich schmunzelnd zurück und ließ die jungen Leute allein. Als Lüder Hein am späten Abend aufbrach, um am andern Morgen zur Hand zu sein, sprach er zur Grete:

„Höre, Grete; es steckt in Dir ein kleiner Hochmuthsteufel, den Du nicht aufkommen lassen darfst. Laß Dich nicht von ihm verblenden. Es thut nicht gut, in Gedanken die Frau eines reichen Capitains zu spielen, wenn man in Wahrheit nur die Braut eines armen Steuermannes ist. Du mußt mir das versprechen, Grete; dann reise ich noch ein Mal so ruhig ab."

„Ich verspreche es Dir!" sagte das Mädchen. „Ich will den kleinen Unband schon zähmen. Er soll keine Gewalt über mich haben. Das bunte Seidenband, welches Du mir verehrtest, stecke ich nur des Sonntags an."

Sie sprach es mit lachendem Munde und doch hörte es sich an, als zwinge sie sich, dies Versprechen zu geben. Der junge Steuermann war vollauf zufrieden. Die Freude leuchtete ihm aus den Augen und, ihr einen herzlichen Kuß gebend, sprach er:

„Mit diesem guten Worte wollen wir scheiden. Lebewohl, mein herziges Gretchen, und denke nur halb soviel an mich, als ich an Dich denken werde, dann wirst Du mich nicht vergessen. Trage diesen Ring von mir, den ich in Ritzebüttel für Dich kaufte. Es ist ein goldenes Herz darauf; das ist mein Herz. Und in der Mitte des Herzens steht ein Anker. Der Goldschmied sagte, es sei der Anker der Treue. Dir soll er es sein. Lebe viel tausend Mal wohl. Den letzten Gruß sende ich Dir durch Deinen Vater, der mich wohl noch aufsuchen wird. Wir wollen uns das Herz nicht schwer machen und auseinander gehen, so schnell wir können."

„Noch eine Umarmung, noch einen Kuß und Lüder Hein war draußen. Lautlos, die Augen voll Thränen, starrte die Grete ihm nach.

Am Fuße des Neuwerker Thurmes standen mehrere Männer beisammen und flüsterten. Zwei unter ihnen gehörten zu den Knechten des Voigts; die übrigen waren vom Festlande herüber geholt, um bei dem Bergen eines Wracks hülfreiche Hand zu leisten. Die Arbeit war gethan und sie warteten auf die nächste Ebbe, um als ächte Wattengänger den Heimweg an= zutreten.

Plötzlich stand der Voigt Hanke Lüber mitten unter ihnen. Sie wußten nicht zu sagen, woher er so schnell kam. Alle schwiegen und fühlten sich bedrückt. Das wilde, unheimliche Wesen des Voigtes lastete auf Jedem, der in seine Nähe kam:

„Was macht Ihr hier? Warum seid Ihr nicht mit der vorigen Ebbe aufgebrochen, wie Euch geheißen ward? Doch wohl nur, um Euch zur Nachtzeit auf Kundschaft zu begeben, ob nicht etwas an das Land gespült wird, womit Ihr Euere Taschen füllen könnt. Nehmt Euch in Acht! — Unsere Neuwerker Rolle verbietet, nach Sonnen=Untergang sich ohne des Voigtes Wissen und Willen am Strande zu zeigen. Wer es dennoch thut, ist dem Gesetz verfallen und wird dem Stranddiebe gleich bestraft. Geht in Euern Schuppen und verlaßt ihn nicht. Der Jasper soll ein wachsames Auge auf Euch haben. Fort!"

Die Männer entfernten sich murrend. Nur die Rücksicht auf den gehabten Verdienst und die Furcht, des Voigtes Kundschaft zu verlieren, hinderte den lauten Ausbruch ihres Unwillens. Knecht Jasper wechselte einen Blick des Einverständnisses mit seinem Herrn und folgte den Männern. In der Thurmstube ließ er sich nicht blicken. Der Voigt blieb den Abend allein.

Es war eine Herbstnacht, wie solche, hundertfach wechselnd, jeden Augenblick eine veränderte Scenerie bietet. Bald hob sich der Wind und jagte die einzelnen Wolken vor sich her, die verstürmten Seglern gleich von Norden nach Süden flogen. Ein vereinsamter Stern blickte auf die öde Wasserwelt herab, um gleich darauf wieder zu verschwinden. Als die Fluth bis zur Mitte gestiegen war und ein Kranz weitleuchtender Brandung das Eiland wie mit einem Rahmen umschloß, hörte der Wind plötzlich auf und die Wellen fielen klatschend in sich zusammen.

Der Voigt stand an dem Fenster, welches zum Lugaus diente, und sah auf das wechselnde Spiel der Wolken und der Wellen. Sein Auge war in langen, dunklen Nächten geübt und nicht das Geringste blieb ihm verborgen.

„Sie gehorchen!" sprach er vor sich hin. „Keiner wagt es, den Strand zu betreten; auch der Jasper nicht. Ich fürchte den Kerl mit seinen schielenden Augen. Trotz aller hündischen Treue, die er mir zeigt, ist mir immer, als schiebe er mir einen Stein in den Weg, über den ich stolpern soll. Ich will mich von diesem jütischen Schuft losmachen. Pah! Er wird auch einmal einen einsamen Gang zur Nachtzeit wagen und dann . . . ."

Ein verstürmter Nachtvogel flog gegen das Fenster und störte den weiteren Gedankengang des Voigtes. Der Wind hatte sich wieder aufgemacht und brach sich pfeifend an der Mauer des Thurmes. Die Brandung zischte und brodelte und leuchtete heller auf. In weiter Ferne glimmte es, wie ein schwimmendes Feuer. Es war das Beginnen des Seeleuchtens.

„Will einen Gang längs dem Strande machen. Wenn irgend etwas Unrechtes geschieht, bin ich gleich selbst zur Hand. Und wenn sich etwas Unverhofftes naht, warum fremde Hülfe? Was man mit eigener Kraft erringen kann, hält man doppelt fest."

Der Voigt stieg die Treppe hinab. Bei seinem Erscheinen im Freien trat eine abermalige Aenderung des Wetters ein. Die Nebel der See und die Wolken am Himmel hatten sich zu einer undurchbringlichen Masse verdichtet. Es war so finster geworden, daß man kaum einen Schritt vor sich hinsetzen konnte. Es gehörte die Unerschrockenheit und die genaue Kenntniß des Bodens dazu, wie der Voigt sie besaß, um mit sicherm Schritt weiter zu gehen. Er trat fest auf in dem Gefühl der Macht auf diesem ihm unterthänigen Gebiet.

Dort ging der Voigt — und fünf Schritte hinter ihm bewegte sich sein Schatten. Er stand still — und der Schatten blieb gefesselt stehen. Nun wandte er sich um. Es war ihm gewesen, als höre er hinter sich auf dem Sande etwas knistern. Fort, war der Schatten, als sei er in sich zusammen gefallen.

„Es ist Nichts," sagte der wilde Lüder und setzte seinen Weg fort. Sein Schatten wuchs rasch aus dem Boden auf und schwebte lautlos hinter ihm drein.

Von fernher erscholl ein Gesang. Er kam aus dem Schuppen, wo die fremden Tagelöhner untergebracht waren.

„Sie schreien ihren Aerger in die vier Winde hinaus!" lachte der Voigt in sich hinein, „weil sie fort müssen mit leeren Schnappsäcken. Die Lust hätte ich ihnen versalzen."

In den letzten Stadien der einsetzenden Fluth brauset diese am stärksten und mächtigsten. Es scheint, als wolle sie noch einmal ihre ganze Kraft entfalten, bevor sie ohnmächtig schweigt. Eine breite und hohe Schaumwelle stürzte sie zu den Füßen des Voigtes nieder und bedeckte ihn über und über mit ihrem weißen Gischt. Vom Schuppen her ertönte es:

„Um die Süd ist die Beut',
Matrose, noch ist es Zeit!
Morgen verwäschet die Fluth
Nächtlich vergossenes Blut!"

Den Voigt schauerte. Er kannte das wilde Lied der Strandpiraten und Stranddiebe, das oft die Watten entlang, oder in den nahen Herbergen erscholl, wo die verwegenen Räuber ihre Beute gegen Geld und Branntwein den jüdischen Gaunern verhandelten.

„Was ist dies?" schrie der Voigt unwillkührlich auf, als er mit dem Fuße gegen Etwas stieß. Er bückte sich und tappte mit den Händen vor sich hin:

Es ist ein Mensch! Die See warf ihn aus. Ein Schiffbrüchiger!"

Unwillkührlich ergriff er den Körper und zog ihn höher auf den Strand, um ihn der Fluth zu entziehen, die jetzt nicht mehr stieg:

„Er ist kalt und steif. Das Leben ist aus dieser eisigen Hülle entflohen."

Der Voigt blieb einen Augenblick unbeweglich, dann murmelte er vor sich hin:

„Morgen mit dem Frühesten wird er gefunden und untersucht. Vielleicht findet ihn ein spitzbübischer Knecht und behält für sich allein, was nur der Gesammtheit gehört. Warum soll ich morgen einem Knechte gönnen, was ich jetzt allein . . ."

Er untersuchte den Todten und schrie plötzlich auf:

„Geld! Ein Ledergurt ist um den Leib geschnürt, so voll gestopft, daß er ein Kapital enthalten muß.

Das wäre ein Fund für mich, wenn ich mir ihn aneignete. Und warum soll ich nicht? Ich oder ein Anderer. Mir kann es nützen und wer sieht mich hier?"

Mit zitternder Hand versuchte er den Gürtel zu lösen. Als es nicht gelang, nahm er sein Messer zu Hülfe. Je tiefer er sich neigte, desto tiefer neigte sich auch der Schatten, der ihn nie verließ.

Von dem Schuppen her erklang es:

„Morgen verwäschet die Fluth
Nächtlich vergossenes Blut!"

„Mein!" rief der Voigt, als sein Werk gelungen war, und, sprang rasch auf, das schwere Beutestück in der Rechten. Sein Schatten trat so nahe heran, daß er mit ihm fast Eins ward, und eine widerwärtige Stimme kreischte:

„Gute Verrichtung, Hanke Lüder!"

Es war die Stimme des jütischen Knechtes Jasper. Der Voigt erschrak vor derselben so sehr, daß seine Zähne wie im Fieberfrost aneinander schlugen und ihm das Wort im Munde erstarrte.

„Ihr versteht Euern Vortheil," sagte Jasper höhnend. „Man muß es Euch lassen."

Nach einigen Augenblicken faßte sich Hanke Lüder und flüsterte dem Knechte zu:

„Du hast Nichts gesehen. Wenn wir zu Hause sind, theilen wir."

„Ich will nichts von dem Blutgelbe!" sagte der Knecht abweisend.

„Wie kommst Du hierher und was kannst Du mir thun?" rief der Voigt, der sich zu sammeln suchte. Bin ich nicht der Herr hier und ist Jemand auf dieser Insel, der mir zu befehlen hat?"

„Wenn ein Mann ein Beutestück findet, soll er es vor der steigenden Fluth in Sicherheit bringen, also, daß sie es nicht fortspüle, dann aber erst einen Zeugen herbeirufen, bevor er es weiter anrührt. Habt Ihr das gethan, Hanke Lüder?"

„Du bist jetzt hier als Zeuge. Da, nimm meine Flasche und thue einen herzhaften Zug; bann wollen wir diesen stillen Mann in die Elbe zurückschieben. Die Ebbe nimmt ihn mit sich fort und morgen ist Alles vergessen."

„Du sollst das Crucifix in Ehren halten!" steht in der Neuwerker Rolle geschrieben. Das Crucifix steht am Eingange unseres Kirchhofes und dort findet diese Leiche ihre Ruhe. Ihr werdet das nicht hindern."

„Es ist gut, Knecht Jasper," entgegnete tonlos der Voigt. „Wir wollen ihn begraben. Warum soll auch der Todte noch länger ruhelos umhertreiben?

Laß uns heimgehen. Mich friert. Deinen Antheil wollen wir gleich abzählen."

„Bis jetzt war't Ihr mein Herr," sagte Jasper. „Machte ich nun mit Euch gemeinschaftliche Sache, würdet Ihr mein Thrann. Hanke Lüber, ich nehme Nichts und damit habe ich Dich in Händen. Jetzt bin ich Dein Thrann und Du mußt nach meiner Pfeife tanzen, wenn ich auch nur Jasper der Knecht bin. Auf diese Stunde habe ich lange gewartet."

Er verschwand von der Seite des Voigtes. Das Leuchtfeuer auf der Spitze des Thurmes war sein Wegweiser.

Der wilde Lüber von Neuwerk war zahm, ver= schüchtert wie eine verstürmte Taube, die im Nebel umher flattert und den Habicht über sich spürt. Die bleiche Gespensterstunde war längst vorüber, als er in seiner Thurmstube anlangte.

Verworrenes Geräusch schreckte ihn mit dem an= brechenden Tage aus einem wüsten Traumschlafe. Jasper, der Knecht, erschien und sagte, am Eingang stehen bleibend:

Die erste Runde ist abgethan. Wir finden Nichts als einen männlichen Leichnam mit zerschnittenen Klei= dern, die um den Leib schlottern. Ein spaßhafter

Kerl, der Denen, die ihn auffischen, seinen ganzen Anzug nicht gönnt."

Der Voigt entgegnete Nichts darauf, sondern fragte:

„Was ist es für Einer nach Eurer Muthmaßung?"

„Wir haben es nicht heraus bekommen," sagte der Knecht, „denn der Gurt ist zerschnitten und die Taschen sind leer."

„Und wo habt Ihr ihn untergebracht?"

„Da wir fest überzeugt sind, daß kein Funken von Leben mehr in ihm ist, haben wir ihn am Fuße des Crucifix niedergelegt. Die Andern graben sein Grab und ich kam, Euch abzuholen, denn Ihr müßt dabei sein, wenn wir ihn hineinlegen."

Der Voigt und sein Knecht gingen fort. Unterweges versuchte der wilde Lüder das Gespräch auf das Ereigniß der letztverwichenen Nacht zu bringen. Aber der Jüte hörte nicht, sondern ging festen Schrittes bis zur Kirchhofspforte vor dem Voigte her.

Bald nachher kam Botschaft vom festen Lande. Es war ein Schreiben des Amtmanns von Ritzebüttel an den Voigt, dem befohlen wurde, sich dem gestrengen Herrn zu stellen und sich gegenüber mehreren Beschwerden zu vertheidigen, die wider ihn vorgebracht waren. „Und sehet zu," hieß es am Schlusse dieses

Schreibens, „daß Euch dies wohl gelingt, ansonsten Ihr gewärtig sein müßt, daß Ihr um der Ungebühr willen, die man Euch zur Last legt, scharf angesehen werdet; denn die Klagen über Euere Härte und Grausamkeit mehren sich jeden Tag, und Ihr müsset nicht der Meinung sein, daß für Euch allein ein Gesetz nicht vorhanden ist, womit Ihr Andere so oft bedroht. Wornach Ihr Euch zu achten und Euer Amt während Eurer Abwesenheit dem ältesten und erfahrensten Eurer Leute anzuvertrauen habt."

„Das bist Du!" sagte der Voigt zu dem Knecht Jasper, der ihm das Schreiben vom Amtshofe einhändigte und ihn nicht wieder verließ.

„Will thun, was ich vermag!" sprach der Knecht. „Wann wollt Ihr hingehn?"

„Morgen mit dem Frühesten. Der Amtmann soll mich um die Mittagszeit sehen."

„Er wird Euch zur Tafel einladen, spottete der Knecht. „Ihr seid ein schlauer Fuchs, Hanke Lüder. Morgen ist Sonntag. Der Amtmann ist ein frommer Herr und versäumt keine Predigt. Wenn er aus der Kirche kommt, ist er freundlich und milde. Ihr kommt mit einem leichten Verweise davon und erhaltet an der Tafel wohl gar Euern Platz neben der Frau Amtmännin. Nun, gesegnete Mahlzeit!"

Er entfernte sich. Als aber am andern Morgen mit dem ersten Tagesgrauen der Voigt zur Abreise gerüstet war, stand er mit den Uebrigen an dem Fuße des Thurmes, zum Abschiede bereit. Der Voigt sprach wenig und verwies Alle an Jasper; darauf sagte er zu diesem:

„Nun seid Ihr der Herr."

„Darum nennt Ihr mich auch nicht Du. Glückliche Reise, Herr. Uebernehmt Euch nicht in des Amtmanns Rothwein und bringt frische Karten und Würfel mit. Ich will Euch gern das Geld abgewinnen, das Ihr in der vergangenen Nacht zum Geschenk erhalten habt. Die Elbe ist doch eine großmüthige Dame. Ich will Euch ein Stück Weges begleiten."

Der Voigt wechselte mehrere Male die Farbe. Die Worte des Knechtes trafen wie Nadelstiche. Allein er entgegnete Nichts, sondern sagte:

„Auf meinen Tisch habe ich einen Krug von dem alten Meth gestellt, damit Du nicht Mangel leidest, wenn Du heute Nacht meinen Posten einnimmst. Sei klug und wachsam; ich werde es im Voraus auf dem Amtshofe zu rühmen wissen."

Der Voigt beschritt bei diesen Worten die Furth, welche von der Insel nach dem Festlande führt, und wo der Wagen seiner harrte. Der Knecht machte ihm eine tiefe Verbeugung und schrie ihm nach:

„Gott segne Euch um Eurer Großmuth willen. Und verliert Euer Geld nicht; es ist keine Speise für die Fische. Ihr habt doch den Gurt recht stramm gezogen?"

Aber Hanke Lüber hörte nicht, oder wollte nicht hören und schritt entschlossen in den Strom hinein.

Es war Sonntag. Das junge Volk in Döse ließ es sich nicht nehmen, in der großen Scheune, die zur Schenke gehörte, aufspielen zu lassen und fröhlich zu tanzen.

Auch Greten schlug das Herz. Sie hatte Lust an Spiel und Tanz. Die bunten Bänder, das saubere Tuch, womit Lüber Hein sie vor der Abreise beschenkte, sowie die goldene Münze, die er ihr mit einer Seiden=schnur um den Hals hängte, wollten gezeigt sein. Die Leute kannten ihr Glück nur vom Hörensagen; sie sollten es mit eigenen Augen sehen. Die jungen Mädchen, die von Gretens Brautschaft hörten, zuckten die Achseln und sagten: „Es mag Einer darnach sein.

„Sie wollte ihnen zeigen, was ein Steuermann, wie

Lüder Hein, an eine schöne Braut zu wenden vermöge und sie sollten bei dem Anblick von so viel Gold und Seide vor Neid krank werden. Der Vater mochte sich sträuben, so viel er wollte; es half ihm nichts. Wollte er in der Woche Frieden haben, mußte er die Grete am Sonntage zur Schenke begleiten und mit dem jungen ledigen Volke tanzen lassen.

Niemand hatte sich bisher viel um die Tochter des alten geizigen Christoph Blacker bekümmert, die wenig oder gar nicht zu den Leuten kam. Jetzt, wo sie öffentlich erschien, wurde das frische, zierlich aufgeputzte Mädchen allgemein bemerkt und erregte Gefallen. Die jungen Männer drängten sich in ihre Nähe und sie hatte die besten Tänzer, die in Döse zu finden waren. Brummend schlurfte der Alte verdrossen hinter dem muntern Mädchen her.

Während Alles sich in Döse zum fröhlichen Tanze rüstete, hatte der Voigt von Neuwerk seine Strafpredigt auf dem Amte ausgehalten. Je mehr er versuchte, sich zu vertheidigen, desto kälter blieb der Richter. Er befahl dem Voigt zu schweigen, da er guten Grund hatte, die bei ihm angebrachten Klagen für wahr zu halten, und gestattete keine weitere Verantwortung, die nur auf ein leeres Wortgefecht hinauslief.

„Nehme Er in der Stille hin, was ich Ihm sagte, und lasse Er es sich eine Warnung sein!" schloß der Amtmann. „Es geschieht, damit er die Autorität vor den Leuten nicht einbüßt. Fortan werde ich ein wachsames Auge auf Ihn haben und bei dem kleinsten Uebergriff . . . nun, Hanke Lüder, Er kennt das Gesetz und es soll seiner ganzen Strenge nach auf Ihn Anwendung finden."

Der Voigt entfernte sich voll Grimm und Zorn. Alle Nerven bebten. Der Kampf im Innern war um so gewaltiger, je weniger er denselben laut werden lassen durfte. Aber kaum war er jenseits des Schloßhofes, als der Zorn maßlos hervorbrach und alle Schranken überfluthete. Er stürmte wie ein tollgewordener Stier durch den Flecken und das benachbarte Cuxhaven und kam erst auf der einsamen Wegstrecke, die zwischen dem letzten Orte und dem Kirchdorfe Döse liegt, zur Besinnung.

Noch in voller Erregung betrat er das Dorf und hörte bald darauf den Klang einer halbverstimmten Geige und einer quäkenden Flöte, die zum Tanze aufspielten. Er hörte das fröhliche Juchhei und sah die rothe Flagge mit den drei weißen Thürmen, die von dem Giebel der Scheune herab ihm zu winken schien.

„Will da hinein gehen!" sagte er zu sich selbst,

und mit einem vollen Kruge den Groll hinunter spü=
len, den ich auf dem Amtshofe in mich hineingefressen
habe. Besser hier, als in Duhnen bei dem tauben
Strandvoigt und seiner noch tauberen Alten auf Wind
und Wetter lauern. Hier bin ich mein eigener Herr
und habe es dazu."

Er gedachte des Geldes, das er von der Insel mit
sich nahm. In Cuxhaven hatte er es unterbringen
wollen und vergaß es im aufbrausenden Zorn. Nun
mußte er es wieder mitnehmen, oder umkehren. Bei=
des war ihm unangenehm, und verdrießlich näherte er
sich der Schenke, an deren Eingang er mit einem
Manne zusammen traf. Es war Christoph Blacker,
der nach seiner Tochter sehen wollte. Er trat vor
dem Voigt zurück und sagte:

„Nur immer frisch vorwärts, Herr Hanke Lüder.
Ihr habt den Vortritt überall, wo wir zusammen tref=
fen; denn ich bin nur ein kleiner, armseliger Händler,
während Ihr ..."

„Wer ist da?" fuhr Hanke Lüder auf und sah
den Geizhals im fadscheinigen Oberrock vor sich stehn.
„Was wollt Ihr von mir? — Aber sehe ich recht?
Seid Ihr nicht Christoph Blacker?"

„Der bin ich, Herr Voigt. Und wenn wir uns
auch Jahre lang nicht von Angesicht zu Angesicht sahen,

müßt Ihr mir doch das Zeugniß geben, daß alle Geschäfte, so weit sie durch meine Hand gingen, auf das Beste besorgt wurden."

„Ihr war't der Fuchs, der uns für gut genug hielt, die Kartoffeln in die glühenden Kohlen zu schieben und sie wieder herauszuholen, wenn sie geröstet waren. Zum Dank dafür erhielten wir die verbrannten Schalen."

Herr Hanke Lüber will spaßen und das ist ihm bei seinen ernsten Geschäften zu gönnen," kicherte Christoph Blacker vor sich hin. „Aber wollen wir nicht hineingehen und in der Dönse einen kräftigen Schluck nehmen? Was trinkt Ihr am liebsten, Herr, und womit kann ich aufwarten?"

Der wilde Lüber folgte der Aufforderung nicht ungern. Er hatte vielen Aerger und Verdruß hinunter zu spülen und noch keine Gelegenheit gehabt, es zu thun. Christoph Blacker verwandelte seine ganze Natur. Er war freigebig bis zum Uebermaß und nöthigte dem unvermutheten Gast Glas auf Glas ein. Der Fuchs roch die Füchse in der Börse des Strandvoigtes.

Plötzlich ging eine seltsame Veränderung mit dem wilden Lüber vor. Er entfärbte sich, stierte nach einer Stelle und das Glas in der rechten Hand zitterte so heftig hin und her, daß er den Inhalt desselben fast ganz verschüttete. Christoph Blacker sah diese Veränderung und sagte erschreckt:

„Um Gott, Herr, was ist Euch? Seht Ihr ein Gespenst?"

„Dort!" sagte der Strandvoigt und deutete mit der Hand nach der Thür.

Christoph Blacker folgte der angegebenen Richtung und sagte, zwischen Furcht und Staunen getheilt:

„Das ist meine Tochter, die Grete. Ich weiß nicht, was Euch bei dem Anblick des Kindes durch den Kopf fährt. Jedermann sieht sie gern und Ihr . . ."

Grete war gekommen, um nach dem Vater zu sehen, über dessen langes Ausbleiben sie sich wunderte. Als sie sich unvermuthet dem wilden Lüder gegenüber sah, blieb sie erschrocken stehen; als sie aber die Veränderung gewahrte, welche ihre Erscheinung auf ihn hervorbrachte, und er sich von dem Tisch entfernte, um ihr entgegen zu gehen, schrie sie laut auf und verschwand aus dem Rahmen der Thür.

Hanke Lüder that einen tiefen Athemzug und sah eine Zeitlang wie abwesend vor sich hin; dann fuhr er mit der Hand über die Stirn, als besinne er sich auf Etwas, und fragte hastig:

„Das ist Euere Tochter?"

„Ich sagte es Euch und begreife noch immer nicht, wie der Anblick eines hübschen jungen Mädchens einen solchen Eindruck auf Euch hervorbringen konnte."

„Ihr braut einen starken Grog hier im Dorfe," sagte der Voigt ablenkend. „Der heiße Trunk und die dicke Luft haben mich betäubt. Wir wollen auf den Hof hinaustreten."

Die Beiden gingen draußen neben einander auf und ab. Nach einer längeren Pause sagte der Voigt:

„Als das junge Ding durch die Thür trat, war es mir, als ... Sagt mir, Christoph Blacker, ob Ihr wißt, daß ich ein Weib gehabt habe?"

„Ja, Herr. Ein schmuckes, junges Weib. Sie war nicht von hier und man sagt, sie sei am Heimweh gestorben. Ich weiß nicht, ob es wahr ist."

„Nun seht! Als ich die Dirne vor mir stehen sah, war es mir gerade, als träte meine selige Frau durch die Thür und sähe mich mit dem Leidensgesicht an, das sie stets zur Schau trug, wenn ein schweres Gebresten auf ihr lastete. War es ein Blendwerk, das mein Gehirn umdüsterte, oder ist Euer Kind in Wahrheit meinem seligen Weibe so ähnlich, daß ich sie mit einander verwechseln konnte? Ich muß mich davon überzeugen. Laßt uns nach der Scheune gehen, wo das junge Volk tanzt. Wir wollen sie unbemerkt beobachten. Ich muß Gewißheit haben."

Der Vater Gretens machte einige Schwierigkeiten. Er fürchtete seine Tochter ohne Noth noch mehr zu erschrecken. Allein Hanke Lüber ließ sich nicht abhalten, sondern trat in die Scheune und der Vater folgte ihm mit einigem Zagen. Beide standen dicht neben einander und betrachteten Grete, welche mit einer harmlosen Rundjacke einen lustigen Hopser tanzte. Es war, als wollte der Voigt das Mädchen mit den Augen verschlingen; dann aber ergriff er den Arm des alten Blacker und zog ihn wieder mit sich hinaus in das Freie.

„Nun, Herr?" fragte der Alte und suchte sich von dem eisernen Druck zu befreien, den die Finger des Voigtes ihm verursachten.

„Ich habe sie angesehen!" sagte Hanke Lüber leise.

Wer ihn genau ansah, mußte sich über die Veränderung wundern, die mit dem wilden Bären vorging. Er schien von einem schweren Schlage getroffen und erholte sich von demselben nur allmählich.

„Ich habe sie genau angesehen, und wenn sie auch

meiner Frau nicht so ähnlich sieht, wie zwei Blumen, die auf einem Stengel wachsen, ist doch so Vieles, was sie mit einander gemein haben, das für den Augenblick ein solcher Irrthum möglich war. Sie hat die ganze Art und Weise meines verstorbenen Weibes. Ihr müßt viele Freude an dem Kinde haben, Christoph Blacker."

„Das habe ich auch, Herr, und sorgte bis jetzt gewissenhaft für ihre Zukunft, wenn ich einmal plötzlich auf und davon müßte. Nun freilich, da sie Braut ist . . ."

„Braut!" fiel der Voigt hastig ein und die dunkle Röthe stieg in das vorhin bleich gewordene Gesicht.

„Ja, Herr. Aber Ihr wißt das wohl nicht? Freilich, was kümmert sich ein Herr wie Ihr um uns kleinen Leute."

„Und an Wen habt Ihr ein so hübsches Ding weggeworfen, Mann?"

„Nun, weggeworfen wohl nicht. Es ist ein junger Steuermann, Lüder Hein genannt; zwar nur ein Waisenkind, aber ein kräftiger Bursche, der das Seinige lernte und viele Hoffnungen hat."

„Was Hoffnungen! Ein solches Mädchen darf nicht auf Hoffnungen angewiesen werden, sondern muß Gewißheit haben. Ihr alter Narr, warum habt Ihr

nicht gewartet, bis ein gesetzter Mann mit den nöthi=
gen Mitteln bei Euch anpochte?"

Christoph Blacker wußte nicht, wie ihm geschah.
Diese Frage des Strandvoigts setzte ihn in eine maß=
lose Verwirrung. Hundert Gedanken, toll und kraus,
kreuzten sein Gehirn und er stotterte nur die Worte
hervor:

"Was meint Ihr damit?"

"Ich meine nichts, gar nichts!" entgegnete hastig
der Voigt, als daß es spät ist und ich alle Ursache
habe, an den Heimweg zu denken. Gute Nacht, Chri=
stoph Blacker, gute Nacht und macht nicht wieder
solche dumme Streiche."

Mit schnellen Schritten entfernte sich der Voigt.
Der alte Blacker sah ihm lange nach und rief dann:

"Teufel, was ist das? Ich glaube, der alte Sün=
der hat sich in meine hübsche Grete verliebt, und
wenn er sie haben könnte, griffe er mit beiden Hän=
den zu. Aber die hat sich ohne Noth verplempert,
und mir geht ein Goldfisch sonder Gleichen aus dem
Netze. Was für schöne Summen hat dieser Satan
zusammen gerafft und wie könnte ich mit beiden Hän=
den im Golde wühlen, wenn . . . Aber sie soll es
mir entgelten. Ich will es ihr anstreichen, daß sie

mich um meine schönsten Hoffnungen bringt! — Grete! He! Grete!"

Aber Grete kam nicht. Die jungen Bursche, mit denen sie tanzte, ließen sie nicht fort und Christoph Blacker mußte polternd und scheltend allein den Heimweg antreten. Er ging in der Stube auf und ab, entschlossen, ihr tüchtig den Text zu lesen, wenn sie heimkomme; allein die Natur war mächtiger, als sein Wille, und mit einigen halblauten Verwünschungen auf den Lippen schlief er auf der Ofenbank ein.

Verstört erwachte er am andern Morgen und fuhr von der harten Lagerstätte in die Höhe. Es war außergewöhnlich spät. Er beeilte sich, die Hausthür zu öffnen, wenn etwa ein Käufer käme. In demselben Augenblicke schlug es gegen die Thür, und als der Riegel zurückflog, stand der wilde Lüber auf der Schwelle vor ihm.

„Woher kommt Ihr?" war Alles, was er hervorzubringen vermochte.

„Von Duhnen!" war die kurze Antwort. Ich kam zu spät, um den Weg durch die Furth zu wagen, und blieb dort über Nacht. Nun bin ich hier, um mit Euch zu reden."

„Stehe zu Euern Diensten, Herr. Wollt unbeschwert näher kommen."

Der Voigt trat ein. Als er, um in die Stube zu gelangen, am Herdfeuer vorüber mußte, sah er Grete, welche dort stand, um die Frühkost zu bereiten. Er schaute ihr einen Augenblick zu und warf einige Worte hin, worauf sie schüchtern erwiederte; dann wandte er sich zu dem Alten und sagte:

„Hier soll gefrühstückt werden? Das kommt mir gelegen, denn ich bin noch nüchtern. Lege Sie einen Löffel mehr auf den Tisch, Jungfer. Ich esse mit."

Der Vater wollte Einwendungen machen, indem ein einfacher Mehlbrei keine Kost für einen verwöhnten Magen sei; allein der Voigt ließ sich nicht abweisen und ging in der Stube auf und ab, bis die dampfende Schüssel auf den Tisch gesetzt ward.

Während des Essens saß der Voigt dem jungen Mädchen gegenüber und suchte sie zum Sprechen zu bringen, was ihm aber nicht gelang. Sie fürchtete sich vor dem Manne und brachte nur einige unzusammenhängende Worte hervor; dann entfernte sie sich unter einem nichtssagenden Vorwande und kam nicht wieder.

Die beiden Männer saßen sich gegenüber. Christoph Blacker sah seinen Gast forschend an; er ahnte bereits, was Jener ihm sagen wollte, und erschrak doch, als der Voigt plötzlich sagte:

„Hört, Christoph, laßt den jungen unbärtigen Steuermann laufen und gebt mir Euere Tochter zum Weibe."

„Herr, was sagt Ihr? Wie kann ich . . . Der Verspruch! Das Gelöbniß! Und dann . . . Ein Mann in Euern Jahren. Es kann Euer Ernst nicht sein."

„Es ist mein Ernst. Hört mich an. Ich will Euch in mein Herz sehen lassen. Meine verstorbene Frau — Gott habe sie selig! — hat schlechte Tage bei mir gehabt. Ich war ein wilder, unbändiger Bursche. Sie wollte mich durch Sanftmuth und Frömmigkeit leiten. Das nahm ich übel auf. Habe mein Lebtage nicht viel von Singen und Beten gehalten. Mein Junge glich ihr auf ein Haar. Ich mochte anfangen, was ich wollte, ich prügelte keine Courage in ihn hinein, wie ein ächter Straubläufer sie haben soll. Da hieß ich ihn in meinem Zorn sich zum Teufel scheeren. Der Junge nahm es nach dem Buchstaben. Wir sahen ihn nicht wieder. Das kostete meinem Weibe das Leben."

Der Voigt hielt inne. Die mächtig arbeitende Brust gab Zeugniß von der Bewegung, die in seinem Innern vorging. Christoph Blacker hing mit großer

Spannung an den Lippen seines Gastes, der nach einer Pause fortfuhr:

"Ich war der wilde Lüber gewesen bis dahin und wurde es nun erst recht. Die alten Mauern des Neuwerker Thurmes wissen davon zu erzählen. So blieb es bis zum gestrigen Tage, da ich Euere Tochter sah. Es ward mir zu Sinnen, wie in jener Stunde, als meine Selige mir zum ersten Male begegnete. Wenn Etwas an mir zu ändern ist, kann es nur durch Euere Grete geschehen. Ich fühle es, daß ich ein ordentlicher Kerl würde, wenn ich ein solches Wesen um mich hätte. Bis jetzt hat der Teufel mehr Anwartschaft auf meine arme Seele, als der liebe Herrgott; nun wird es umgekehrt sein. Darum gebt mir die Grete zum Weibe und von allem Geld und Gut, was ich besitze und noch erwerbe, soll die Hälfte Euer sein."

Christoph Blacker schrie laut auf. Ein solches Wort stachelte seine Habgier:

"Der verdammte Kerl! Was hatte er sich an das Mädchen zu hängen und ihr den Kopf zu verdrehen? Nun ist er außerhalb der rothen Tonne und sie hat seinen Ring am Finger."

"Pah!" entgegnete der Voigt. "Ringe sind rund und rollen in den Winkel."

„Was soll das?" fuhr Christoph Blacker auf. „Meint Ihr, es nütze Etwas, wenn man der Grete den Ring stiehlt?"

„Nein, Ihr alter Narr! Sie muß ihn selbst wegwerfen."

Der Alte sah den Voigt mit offenem Munde an. Dieser verzog das Gesicht zu einem spöttischen Lächeln und sagte dann:

„Sie wird es thun, weil . . ."

„Nun? Weil? . . ."

„Weil kein vernünftiges lebendiges Wesen einem Todten das Verlöbniß hält."

„Herr Jesus!" schrie Christoph Blacker erbleichend. „Ihr wollt doch nicht . . ."

„Was fällt Euch ein?" erwiederte der Voigt, sich erhebend. „Doch es ist die höchste Zeit, daß ich gehe. Ihr könnt mich ein Stück Weges begleiten; vielleicht gelingt es mir, Euch Vernunft beizubringen."

Draußen stand die Grete. Der Voigt legt ihre Hand in die seinige und sagte:

„Dank für Ihre Frühkost. Es hat mir gut geschmeckt. Wenn ich heimkomme, werde ich suchen, wie ich die Mühe, welche ich Ihr verursachte, wett mache. Guten Tag, Jungfer Grete. Am besten, Sie kommt einmal mit dem Vater zu uns in unsere Einsamkeit.

Vielleicht gefällt es Ihr dort. Es ist nicht so schlimm auf dem Eilande, als es die Leute machen. Nun kommt, Christoph Blacker. Ich habe keine Minute zu versäumen."

Die Beiden entfernten sich rasch. Grete blieb mit schwerem Herzen zurück. Der Blick, den der Voigt beim Abschiede auf sie warf, that ihr weh. Sie fuhr unwillkührlich mit der Hand nach dem Herzen.

———

Es wehte frisch. Der Nordwest war im Kampfe mit den Wellen, die ihm nicht gehorchten. Er jagte sie mit unerbittlicher Hast in die Ebbe hinein; die Ebbe jagte sie vor sich her in die See hinaus. Sie gährten, zischten und stürzten brausend über- und ineinander.

Aber wie sehr sie auch brausten, sie vermochten doch nicht, den Lärmen zu übertönen, der am Eingange des Thurmes tobte. Dort stand Jasper der Knecht, der während der Abwesenheit des Voigtes dessen Stelle einnahm. Er focht mit den Armen um sich und rief den übrigen Knechten zu, die ihm drohend gegenüber standen:

„An die Arbeit! An die Arbeit!"

„Wir wollen nicht!" schallte es zurück. „Hört Ihr das, Ihr Jüte? Ihr Leuteschinder! Wir wollen nicht! Wir rühren Nichts an, bevor Ihr uns nicht gerecht werdet."

„Ich habe Nichts mit Euch zu schaffen!" chrie Jasper ihnen zu. „Gleich legt Hand an, oder..."

Er hob drohend die geballte Faust. Ein wildes Geschrei war die Antwort und der erste der Rädelsführer rief:

„Was? Ihr droht mit der Faust? Ihr, der Ihr nichts Anderes und nichts Besseres seid, als wir? Ihr Knecht des neuwerker Voigts? Ein hergelaufener Jüte seid Ihr, den sie drüben im Dänischen als einen Nichtsnutz wegjagten und der jetzt bei uns die Barmherzigkeitssuppe ißt."

„Nimm Deinen Schädel in Acht!" entgegnete Jasper giftig. „Ein Schlag und er springt wie Glas."

Er war nahe daran, den Schlag zu führen. Ein Anderer hielt ihm den Arm fest und sagte:

„Stopp, Mann! Ihr geht weit über Eure Ordre. Ihr habt gethan, was Ihr nicht thun dürft. Zur Nacht waret Ihr allein am Strande. Ihr glaubt dazu ein Recht zu haben, weil Ihr dem Posten des Hanke Lüder vorsteht. Aber Euer Recht geht nicht soweit, ein Gut, das die See auswirft, unter Euerm

Kittel zu bergen, und heimlich über Seite zu bringen. All' dieser Lärmen wäre nicht entstanden, wenn Ihr offen und ehrlich gesagt hättet, das habe ich gefunden. Wir wollen sehen, was es ist."

Die Uebrigen harrten, was Jasper auf diese Ansprache erwiedern werde. Aber dieser schwieg tückisch und Jener fuhr fort:

„Es ist nicht wohlgethan und alle Verantwortung trift Euch allein, wenn der Voigt zu Hause kommt!"

„Pah! Der Voigt! Was scheere ich mich um den Voigt!" rief Jasper verächtlich.

Ein Ausruf des Staunens folgte diesen Worten. Die Männer sahen sich unter einander an. Sie verstanden nicht, was damit gemeint sei. Nur Einer von ihnen zog sich kopfschüttelnd zurück. Ihm war es längst verdächtig gewesen, daß der Hanke Lüder stets nur den Jüten Jasper in seiner Nähe litt; nun glaubte er den Grund zu wissen und er schloß seine stillen Betrachtungen mit den unwillkührlich laut gesprochenen Worten:

„Eine Krähe hackt der andern die Augen nicht aus!"

Dies Wort war wie ein Funken, der in eine Zunderbüchse fiel.

„Ich kenne die Krähen!" rief Einer.

„Wir auch! Wir auch!" riefen Andere nach.

„Du hast einen sonderlich großen Schnabel," sagte der Erstere wieder, „womit sich tüchtig aufpicken läßt, und wenn Du Dich nicht an Deinen Krähenbruder wagst, sind die Tauben und anderes fliegendes Volk in desto größerer Gefahr. Wo bleibt der Voigt, damit er Dich in die Schule nimmt?"

„Hier ist der Voigt!" rief dieser mit seiner gewaltigen Stimme. „Was soll es mit mir und warum revoltirt Ihr? Redet! Ich will es wissen, denn ich komme mit neuer Vollmacht vom Amtshofe und habe die Gewalt, Euch für Euere Vermessenheit zu züchtigen. Was giebt es hier?"

„Herr!" entgegnete der Aelteste und Besonnenste in dem Haufen. „Wir thun Nichts gegen das Gesetz; wir sind nur dem Jasper aufsässig, der uns tribuliren und den Herrn spielen will."

„Euch soll Gerechtigkeit werden, gegen wen es auch sei!" antwortete der Voigt. „Sprecht, worüber habt Ihr Euch zu beklagen?"

Der Mann sagte es mit aller Ausführlichkeit und die Uebrigen stimmten ihm bei. Der Voigt fuhr den Jasper an und befahl ihm im strengen Ton, sich zu verantworten. Allein der Jüte drehte sich auf dem Absatz herum, und ohne dem Voigt eine Silbe zu

9*

antworten, entfernte er sich, indem er mit seiner kräch=
zenden Stimme sang:

„Morgens verwäschet die Fluth
Nächtlich vergossenes Blut."

„Was bedeutet das?" fragten die Knechte unter
sich und sahen auf den Voigt, aus dessen Gesicht alle
Farbe verschwunden war. Hanke Lüder stand eine
Weile wie festgewurzelt, dann nahm er sich zusammen
und sagte mit eintöniger Stimme:

„Euch soll Euer Recht werden!"

Nach diesen Worten ging er in den Thurm.

Die Leute zerstreuten sich erst nach und nach.
Der Knecht Jasper, der am Strande mit ihnen zu=
sammen traf, that, als ob Nichts vorgefallen sei. Die
Tage schlichen in der einförmigsten Weise bleischwer
vorüber. Mißtrauisch sah Einer den Andern an. Der
Voigt kam nicht anders aus seinem steinernen Bau, als
wenn es der Dienst erforderte, und sprach nur das
Nöthigste. Den Knecht Jasper hielt er geflissentlich
von sich entfernt, duldete auch nicht, daß in seiner
Gegenwart von demselben gesprochen ward. Jasper
ging seine eigenen Wege und bekümmerte sich um Kei=
nen. Es war jetzt sehr schweigsam auf dem Eilande.

Desto lebhafter war es in Döse, wo das
Geschwätz kein Ende nahm. Das letzte Gespräch, wel=

ches Christoph Blacker mit Hanke Lüder führte, blieb nicht ohne Frucht. Die blanken Ducaten, welche der Voigt bei'm Abschiede dem Alten in die Hand drückte, trugen nicht wenig dazu bei, diese Früchte zu zeitigen.

Die alten Weiber, welche ihre Schafe zum Grasen nach dem Deiche trieben und sie dort an dem bestimmten Pflock festbanden; die Mädchen, welche hinaus zum Melken gingen, oder nach vollbrachter Arbeit die schwere Tracht mit den herabhängenden Eimern auf den Schultern balancirten und den schmalen Fußpfad deichabwärts stiegen, wußten davon mitzusprechen.

„Beckchen, ich sage Dir," sprach eine Alte und gab ihrem Thiere einen leichten Schlag. „Wünsche Dir keinen solchen Bräutigam."

„Was für einen solchen, Mutter Dreiersch?" fragte die Dirne, die unten angelangt war und die vollen Eimer vorsichtig von der Tracht ablösete.

„Einen solchen, wie ihn die Grete Blacker hat, und den sie in die weite Welt gehen ließ," sagte die Alte.

„Ist ja seine Hanthierung!" antwortete Beckchen. „Ein Seefahrer muß in die Welt."

„Freilich!" sprach Mutter Dreiersch. „Aber er muß auch hübsch wiederkommen und das thut der Lüder Hein nicht."

„Spaßt nicht!" rief Beckchen erschreckt. „Ihr jagt Einem die Gänsehaut über den ganzen Leib. Es wäre zu traurig. Woher wißt Ihr es denn?"

„Sie sagen es Alle im Dorfe, und mein Alter zuerst. Er treibt das Schneiderhandwerk, wißt Ihr und hat es von des Schulmeisters Jacob, dem er aus des Vaters abgelegtem Wamms eine Sonntagsjacke gemacht hat. Der Steuermann Lüder Hein kommt nicht wieder."

„Und warum nicht? Das sagt zuerst."

„Weil er mit Mann und Maus geblieben ist," sagte Mutter Dreiersch, und Beckchen, die nicht recht verstand, was damit gemeint war, entgegnete:

„Ist schade um so ein junges Blut, und die Grete Blacker thut mir auch leid, wenn sie es gleich nicht um mich verdient hat, denn sie ist ein hochmüthiges Ding, die sich für etwas ganz Besonderes hält. Aber das ist immer so, daß sich die Leute das Meiste einbilden, wenn sie am wenigsten Ursache dazu haben. Die Grete ist weder hübsch, noch hat sie etwas in Kisten und Kasten. Dazu ist ihr Vater ein anrüchiger Kerl, dem man lieber aus dem Wege geht . . ."

„Das magst Du wohl noch einmal sagen, Kind!" fiel die Alte redselig ein. „Dieser Christoph Blacker ist der leibhafte Satan, der auch meinen Alten bestiehlt, denn er gönnt ihm seine Kundschaft nicht, sondern flickt seinen abgetragenen Rock und sein durchlöchertes Wamms selbst aus. Nun, Gott ist gerecht, hat Pastor Kieff neulich gesagt, und er wird es auch dem boshaften Blacker heimgeben, daß er uns das liebe Brod nicht gönnt. Ist das da nicht des Matthes Kletz seine Elsbeth? Die Dirne treibt sich auch den lieben langen geschlagenen Tag umher. Wenn ich der Matthes Kletz wäre! Aber der Kerl ist selbst ein Nichtsnutz!... He! Elsbeth! Kind! Hast Du es denn so eilig? Weißt auch wohl schon von dem Unglück, was der Grete Blacker widerfahren ist?"

„Na! Wenn ich das nicht wüßte!" sagte diese, den Kopf in den Nacken werfend. „Wozu wäre ich denn da?"

„Das glaube ich!" brummte Beckchen vor sich hin und sah die Elsbeth, die hübscher war, als sie, mit einem giftigen Blicke an. „Was sagt denn die Grete zu dem Unglück?"

„Sie weiß es noch gar nicht!" rief Elsbeth und die alte Dreiersch fiel ihr in's Wort:

„Sie weiß es nicht?"

„Der Vater hat sich nicht getraut."

„Hat sich nicht getraut?" wiederholte das alte Weib. „Nun sehe mir Einer diesen hinterlistigen Fuchs, diesen gewissenlosen Vater. Das arme Kind! Sie weiß es noch nicht einmal, daß ihr Bräutigam mit Mann und Maus geblieben ist. Was kann er davon haben, ihr eine Sache zu verschweigen, welche sie so nahe angeht? Dahinter steckt Etwas und ich werde nicht ruhen, bis ich es an's Licht gebracht habe. Den Schaden wollen wir bald ausbessern. Ihr könnt mit= kommen; wir wollen es alle Drei thun."

Das alte Weib und ihre beiden jungen Trabanten schritten tapfer aus. Sie kamen keuchend in die Nähe des Blackerschen Hauses und erschraken nicht wenig, als der Besitzer unerwartet hinter dem Gartenzaun hervortrat und fragte, wohin sie wollten? Mit einem boshaften Lächeln hörte er die verworrenen Entschuldigungen an und sagte darauf:

„Dank für den guten Willen; aber was in meinem Hause zu verkündigen ist, das besorge ich selbst und brauche dazu weder eine alte, noch eine junge Klatsch= base. Verstanden, Frau Dreiersch? Zum Dank für Ihre Nachricht kann ich Ihr sagen, daß sich hier auf Martini ein zweiter Flickschneider setzen wird, der das Seinige in Hamburg lernte und es um die Hälfte thut. Das wird Ihrem Alten auf die Beine bringen."

Damit ließ er die drei Weibsbilder stehen und zog sich in sein Haus zurück, wo Grete in einem

Winkel der Diele zwischen all' dem Plunder saß, den ihr Vater um sich her aufthürmte, und sagte:

„Kind, was hilft es, daß Du da sitzest und Dich um etwas grämst, das nicht wieder zu erreichen ist? Thut mir selbst leid um den wackern Jungen, den ich Dir gerne zum Manne gegeben hätte, aber da es nun einmal nicht Gottes Wille ist..."

„Sprecht nicht dergleichen, Vater! Ich werde ihn niemals vergessen."

„Das sind leere Worte, Grete. Der Mensch vergißt Alles; Freude und Leid, Vater und Mutter; also vergißt auch die junge Dirne einen jungen Kerl, mit dem sie sich kaum verlobte. Weit schlimmer, wenn Ihr schon verheirathet war't und Du ihn dann verlorst. Man muß nur tüchtig gegenan gehen, und dazu will ich Dir behülflich sein."

„Ich mag nichts und ich kann nichts thun, als meinen Bräutigam beweinen."

„Weine, Kind, ich will Dich nicht stören. Aber Du bist es Dir selbst schuldig, Dich zu fassen, und mir, dem alten, hülflosen Manne, bist Du es schuldig, denn Du sollst meine Stütze vorstellen. Ich denke eine kleine Reise zu thun und Du sollst mich begleiten."

Grete sah den Vater groß an. So lange sie denken konnte, hatte sie ein solches Wort nicht aus seinem

Munde gehört. Aber sein Mittel war gut. Grete war dadurch wirklich auf andere Gedanken gekommen, und darum fuhr er fort:

„Ich will nach Neuwerk. Als der Hanke Lüber neulich hier war, ließ er ein Wort fallen, daß ich ihn besuchen möchte. Wenn solche Herren Unsereinem Etwas anbieten, muß man es nicht ausschlagen; das brächte Unheil. Du kannst mit mir kommen."

„Zu dem wilden, trotzigen Manne?" fragte Grete erröthend. „Wenn ich seine Stimme höre, fahre ich zusammen und seine Augen versengen mich."

Christoph Blacker that, als höre er nicht, und sprach weiter:

„Kein Mensch hat eine Ahnung davon, was der Hanke Lüber Alles in seinem Thurm zusammen häuft. Er hält geheim damit vor den Leuten und thut recht daran. Wir aber bekommen es zu sehen und werden auf das Beste empfangen werden. Er will gut machen, was wir neulich an ihm gethan. Das lohnt schon die Mühe der Ueberfahrt. Morgen früh, denke ich, wird es sich thun lassen."

Grete hatte noch Vieles einzuwenden; allein der Vater ließ nicht nach. Er wußte stets von neuen Herrlichkeiten zu erzählen, die der Voigt in seiner Behausung habe, bis Grete, welche den Dingen dieser

Welt sehr zugethan war, aufmerksamer hin hörte, auch wohl eine Nachfrage hielt, wenn sie Etwas nicht recht verstand, und damit endete, daß sie allmählich zusammen zählte, was sie mitnehmen müsse, um ein paar Tage von Hause wegbleiben zu können. Und als die Wahl entschieden war, fand es sich, daß sie das Beste hervorsuchte, was sie in ihrem Vermögen hatte.

Sie kamen auf Neuwerk an. Hanke Lüder empfing seine Gäste und räumte ihnen seine beste Kammer zur Wohnung ein, und hier fand Grete so vielen Putz und Bänderkram, als sie in ihrem Leben nicht beisammen gesehen hatte. Er stellte ihr frei, sich damit zu schmücken und sich davon zu nehmen, was ihr gefiel. Eine alte Magd mußte ihr bei Allem behülflich sein und sie bedienen. Grete Blacker, die stets nur Andere bediente, war zur Herrin geworden, sie wußte nicht wie.

Zu Mittag und Abend kam Alles auf den Tisch, was Küche und Keller vermochten. Der Voigt hatte es dazu und für Vorrath war gesorgt. Christoph Blacker schwelgte in Wonne und fand nicht Worte genug, einen solchen freigebigen Herrn zu rühmen. Hanke Lüder that auch für seine Person Alles, sich beliebt zu machen. Er bezwang seine Wildheit und war freundlich und zuvorkommend gegen Grete Blacker.

Knecht Jasper goß seinen Spott über ihn aus, wenn sie allein waren. Hanke Lüder hielt die Probe aus und sagte gelassen:

„Das Mädchen hat einen andern Menschen aus mir gemacht, sonst säße Dir meine Faust schon im Nacken. Wenn ich sie zum Weibe bekomme, will ich ein neues Leben beginnen und was ich zur Zeit meiner ersten Ehe sündigte, soll in der zweiten gut gemacht werden."

„Und wenn Euch auf Euere alten Tage der Himmel nochmals ein junges Söhnlein bescheerte," fuhr Jasper boshaft fort, „werdet Ihr es zu einem frommen Kinde erziehen, das Euere Sünden wegbetet, und Ihr werdet es nicht in die weite Welt schicken, weil es keine Leichen plünderte."

„Knecht Jasper!" unterbrach ihn der Voigt mit erhobener Stimme. „Ich sagte Dir schon, daß ich ein Anderer wurde. Aber Alles hat seine Gränzen und Du sollst den wilden Lüder nicht reizen. Ich will Etwas von dem verlornen Sohne in die Zeitungen setzen lassen. Vielleicht liest er es selbst, oder es sagt ihm Jemand, was darin stand und er kommt . . . ."

„Todt oder lebendig!" schob Jasper ein.

„Ich will Dich nicht weiter hören! Wenn Du zu fordern hast, so fordere, und wenn Du klagen mußt, so klage; Du weißt, wo Dein Recht zu finden ist. Aber nimm Dich in Acht und hindere nicht das gute Werk, das sich in mir vorbereitet; es wäre Dein Unglück und das meine."

Der Voigt ging und wandelte einsam am Strande auf und ab. Der Knecht sah ihm nach und verstummte vor dem seltsamen Blick, der ihn bei'm Scheiden traf. So hatte er Hanke Lüder noch nicht gesehen.

Drei Tage waren im Wohlleben vergangen. Christoph Blacker fühlte sich in seinem Element und nur die Furcht, er könne daheim bestohlen werden, oder sonst an seinem Eigenthum Schaden nehmen, dämpfte seine Lust. Grete verlor allmählig ihre Furcht. Sie antwortete, wenn sie gefragt wurde, und sprach von Diesem und Jenem aus freiem Willen, auch wenn sie nicht gefragt wurde. Der Voigt verlor sein Abschreckendes und sie konnte ihn ohne Zittern ansehen, wenn er in dem kleinen Thurmgemache vor ihr stand, das seine verstorbene Hausfrau bewohnte, oder wenn er mit ihr an dem Strande auf- und abging und von den Seltsamkeiten und den Launen des Stromes sprach, dessen Wellen sich zu ihren Füßen brachen. Und wunderbar war es zu sehen, wie sich dieser wilde, ungebändigte Löwe vor der zarten Jung=

frau beugte. Er lauschte ihren Worten, er folgte ihren Winken und schien an sie gebannt zu sein gleich ihrem Schatten.

Es war Abend. Der letzte Schimmer des scheidenden Tages wurde von dem Strome, der glatt wie ein Spiegel da lag, aufgefangen und zurück geworfen. Die Grete und ihr Vater standen am Ufer, vor ihnen der Voigt mit einem aufgeschlagenen Briefe in der Hand.

„Das ist der letzte Beweis," sagte Hanke Lüber und faltete den Brief zusammen, welchen er vorgelesen hatte. „Ihr wißt nun, daß an eine Wiederkehr nicht zu denken ist. Grete ist frei und kann über sich bestimmen. Ihr wißt meine Absicht und was ich gelobe, halte ich. Morgen früh will ich mir Euere Antwort holen."

Vater und Tochter blieben noch eine geraume Zeit bei einander. Christoph Blacker beschwor sein Kind, ein so vortheilhaftes Anerbieten nicht von der Hand zu weisen. Grete antwortete Nichts; sie suchte nur in allen Ecken und Enden, damit Nichts zurückbleibe, denn sie wollten anderen Tages in der Frühe aufbrechen. Aber wenn sie auch nicht sprach, wogte es in ihr auf und ab, wie eine stürmische See und ihr Herz schlug so mächtig, daß sie es mit der Hand bedeckte, um es zur Ruhe zu zwingen.

Da erschien der Voigt. Seine ganze Erscheinung war eine bewegte. Er trat zu ihnen und das zitternde Licht, welches die von oben herabhängende Lampe auf die drei Gestalten warf, gab ihnen ein phantastisches Ansehen.

„Ich kann es nicht bis morgen bei mir behalten," sagte der Voigt in fliegender Hast. „Es ließ mir keine Ruhe in der Kammer und das Fieber der Erwartung schüttelte mich. Was die Jungfer Blacker morgen früh sagen kann, kann sie auch jetzt sagen und mir mit einem Worte den Frieden geben, oder die ewige Verdammniß. Grete, was soll ich hören? Will Sie den Hanke Lüder zu einem ordentlichen Kerl machen und ihn zum Manne nehmen? Bringe Sie es zu Ende."

Und hingerissen von der Gewalt des Augenblickes streckte sie dem Voigt die Hand entgegen und flüsterte ein kaum hörbares Ja."

„Ja und Amen!" sprach der Vater.

„Ja! Ja! Tausendmal Ja!" rief der Voigt. Er hielt die dargereichte Hand fest und zog das zitternde Mädchen an sich. Einen Augenblick lag sie mit dem Kopfe an seiner Brust wie bewußtlos, dann aber schreckte sie auf und blickte verstört um sich.

„Hilft Dir nichts, Kind, daß Du Dich losreißest!"

sagte Christoph Blacker im plumpen Scherz. Bist doch gebunden durch Dein Wort und durch den Kuß, den Dir der Bräutigam gab. Wir wollen Dir aber Zeit lassen, Dich in Dein neues Glück zu finden, das hoffentlich lange Bestand haben soll. Kommt, Schwiegersohn. Die Zeit verstreicht schnell und wir haben noch Manches zu besprechen. Ihr seid kein Jüngling mehr und werdet mit der Hochzeit nicht allzu lange warten wollen. Kommt, sage ich. Ihr könnt die Grete noch genug ansehen, wenn sie erst Euere Frau ist."

Mit diesen und ähnlichen Worten führte der Alte den Hanke Lüber fort. Grete stand wie betäubt auf einer Stelle. Als die Thür hinter den beiden Männern zufiel, schreckte sie zusammen. Sie sank in die Kniee und, in einen Strom von Thränen ausbrechend, rief sie schluchzend:

„Was habe ich gethan!"

Dumpfgrollend gab die See von fern her die Antwort auf diese Frage.

Der Abschied am andern Morgen war kurz. Eine Helgolander Snigg, welche hier widrigen Windes halber anlegte, ward ausersehen, die Gäste des Voigtes mitzunehmen und in Cuxhafen abzusetzen. Die Fluth neigte sich dem Ende zu und es war kein Augenblick zuholen. Er hat auch die Ringe besorgt und schickt Dir den Deinigen. Halte ihn fest, Grete . . ."

Der Vater legte ihr denselben in die halb offene Hand und fuhr fort:

„Du hörst und siehst Nichts und bist so schweigsam, als ob Alles, was doch nur um Deinetwillen geschieht, Dich gar nichts anginge. Was grübelst Du und was soll der stille Jammer bedeuten, der auf Deinem Gesichte liegt? Wenn Dich der Hanke Lüber so sähe! Er müßte einen absonderlichen Begriff von seiner künftigen jungen Frau bekommen."

Grete hörte den Vater nicht. Sie war ganz und gar mit ihren Gedanken beschäftigt und leise, wie ein Hauch, ging der Name Lüder Hein über ihre Lippen.

Der Alte erschrak. Nun war ihm der Grund ihres stillen Leidens mit einem Male klar:

„Der verdammte Steuermann! Er spukt noch immer in ihrem Kopf. Glaubte ihn längst abgethan und nun steht er wieder leibhaftig da. Wären wir nur erst über den morgenden Tag weg. Grete! Wache auf, Mädchen! Du sollst nicht länger träumen und Grillen fangen! Komm herunter! Es giebt vollauf zu thun und eine Braut darf am Abend vor der Hochzeit die Hände nicht müssig in den Schooß legen."

Er versuchte es auf alle Weise, ihre Aufmerksamkeit zu wecken. Von der Hausdiele aus ward nach ihm verlangt; mehrere Stimmen nannten seinen Namen. Er durfte nicht länger säumen. Der Geduldsfaden riß ihm endlich und, dem mahnenden Rufe Folge leistend, sagte er, sich in der Thür umwendend:

„Wenn Du mir morgen Schande machst; wenn Du den reichen Schwiegersohn vor den Kopf stößt; Grete, dann genade Dir Gott! Dann kenne ich kein Erbarmen."

Mit einem unterdrückten Fluche auf den Lippen polterte er die Treppe hinab.

Es war ganz dunkel. Einzelne Sterne blitzten durch die fliegenden Wolken. Bald hatte der Wind die letzten Spuren derselben vertrieben und der Mond trat in voller Klarheit hervor. Durch das Kammerfenster drang sein magisches Licht. Es fiel gerade auf das Gesicht des in wachen Träumen dasitzenden Mädchens und zog sie in seinen magischen Bann.

Mit weitgeöffneten Augen starrte sie vor sich hin. Ihre Lippen bewegten sich und mit leise zitternder Stimme sprach sie:

zu verlieren. Der Vater war zuthunlich und gesprächig; der Voigt sehr ernst. Grete schwieg. Sie duldete beim Abschiede den Kuß und die Umarmung des Verlobten, allein sie erwiederte Beides nicht und kein Wort ging über ihre Lippen. Der Voigt schien ein Abschiedswort zu erwarten und hatte die Hand auf den ben Dollbord gelegt; allein sie sprach es nicht. Der Schiffer trieb zur Eile an und hob die Steuerpinne. Die Segel fielen voll und das Fahrzeug, von einer günstigen Brise getrieben, sausete durch die aufschäumende Fluth.

Der Voigt sah den Scheidenden nach. Knecht Jasper stand unfern von ihm, und als der Voigt das Fahrzeug aus dem Gesicht verlor, rückte er die Mütze und sagte:

„Vergnügten Brautstand! Werde auch meinerseits zu einer fröhlichen Hochzeit beitragen."

Hanke Lüder gab keine Antwort.

In dem Hause des Christoph Blacker ging nach der Rückkehr von Neuwerk eine große Veränderung vor, wie es überall zu sein pflegt, wo für eine junge Braut eine Aussteuer gefertigt wird. Der alte Mann war rührsam, wie sonst nie. Er wirthschaftete gar zu gern mit fremdem Gelde.

Dies neue Verhältniß hatte die Köpfe noch mehr verdreht, als das frühere. Ganz Döse stand in Flammen, als die Kunde kam: „Grete Blacker hat sich mit dem Voigt Hanke Lüber versprochen und schon in vier Wochen soll die Hochzeit sein." Klein und Groß, Beweibte und Unbeweibte kamen herbei, um zu hören, ob das Unglaubliche wirklich geschehen sei. Und als der Alte mit lachendem Munde versicherte, es sei so und kein Titelchen davon abzuhandeln, gab es ein Handschlagen und ein Kopfschütteln. Alle wollten die Braut sehen, die sich so schnell getröstet und eine so kluge Wahl getroffen habe. Man wollte Glück wünschen und sich der künftigen reichen Frau empfehlen; allein Grete wollte Niemand hören und sehen, sondern blieb in ihrer Kammer, so daß die theilnehmenden Freunde abziehen mußten und von aufgeblasenen Dirnen sprachen, denen der Hochmuth zu Kopfe gestiegen sei und die in ihrer Hoffährtigkeit mit er Stirn gegen die Wand laufen würden.

Der Hochzeitstag rückte heran. Christoph Blacker erschien in der Kammer seiner Tochter und sagte:

„Dein Bräutigam läßt sagen, daß er morgen zur rechten Zeit hier sein werde, um Dich zur Kirche ab-

„Grete Blacker, willst Du gegenwärtigen Hanke Lüder zum ehelichen Gemahl haben, so bekräftige dies durch ein lautes und deutliches Ja!"

Da flog es wie brennende Gluth über das Angesicht der Jungfrau und ein lautes „Nein!" erklang von ihren Lippen.

Ein allgemeiner Ruf des Staunens und des Schreckens hallte von dem einen Ende der Kirche bis zum andern wieder. Hanke Lüder erbleichte und Christoph Blacker streckte unwillkührlich die Hand nach seiner Tochter aus, nicht wissend, was er sagen oder thun solle. Der Pastor überwand die bittere Empfindung, welche ihm dieser Auftritt verursachte und er sprach mit mildem Ernste:

„Besinne Dich, meine Tochter. Fasse Dich und erinnere Dich, weshalb Du an dieser Stätte erschienen bist. Noch einmal frage ich Dich . . ."

„Nein, fragt mich nicht!" unterbrach ihn die Jungfrau leidenschaftlich. „Ich gebe Euch keine andere Antwort. Mein Herz ist schwer bedrückt und ich vergehe vor Gram. Hört meine Beichte, ehrwürdiger Herr! Laßt mich vor dieser Versammlung aussprechen, wessen ich mich schuldig fühle, damit ich mich demüthige und den Frieden wiederfinde."

„Sprich, Jungfrau!" sagte der Geistliche. „Und

bedenke wohl, daß Du hier im Angesichte Gottes und vor dem verordneten Diener seines göttlichen Wortes stehst."

Grete Blacker war in die Kniee gesunken und sprach in fliegender Hast. Sie redete von ihrer Verlobung mit dem jungen Steuermann Lüder Hein, von der Todeskunde, welche eingetroffen sei, und von dem Besuche in dem Thurme zu Neuwerk, wo sie, verblendet von allen reichen Gaben, welche man um sie aufhäufte, sich einem Manne verlobte, für den sie im innersten Herzen Nichts empfinde.

Und als sie bis hierher gekommen war, steigerte sie unwillkührlich ihre Stimme und rief:

„Das war mein Elend und ich war entschlossen, das Loos, welches ich mir selbst bereitete, zu ertragen. Da erschien mir in der verwichenen Nacht mein Bräutigam, den ich treulos verließ. Ich blickte mit Angst und Schmerz auf ihn. Er trat mir ganz nahe und sah mich mit einem strafenden Blicke an. Dann war er verschwunden und der Ring, den er von mir trug, lag in meiner Hand."

Sie hielt den Ring zwischen den Fingern, den der Pastor in seine Hand nahm. Grete wurde bewußtlos. Einige Frauen traten mitleidig hinzu und führten sie zur Seite.

„Lüber Hein, ich sehe Dich deutlich. Du kommst, um mich zu schelten, daß ich Dir untreu werde. Ach, ich armes, unglückliches Kind habe es verdient und will geduldig Deinen Zorn ertragen. — Du schüttelst mit dem Kopfe? — O, wie traurig siehst Du aus, Du armer Lüber Hein! Dein Gesicht ist vor Kummer bleich geworden. Die Furchen in Deiner Stirn habe ich hineingegraben. — Komm mir nicht näher! — Ich kann nicht sehen, daß Du weinst. Die Thränen, welche Dir über die Wangen rollen, brennen wie Feuer. — Was blitzt da in Deiner Hand? — Ist es ein Messer und willst Du mich tödten? — Nein! Es ist mein Ring, den ich Dir bei unserm Verlöbniß gab. Was soll der Ring, Lüber Hein?"

Ein lauter Schrei erstickte jedes fernere Wort. Der Schleier riß und völlig erwacht richtete sie sich auf und blickte um sich:

„Was war das? Und was halte ich da in der Hand?"

Sie erblickte bei dem Schimmer des Mondes den goldenen Ring, welchen der Vater ihr in dieselbe legte und schrie im entsetzensvollen Tone:

„Er war hier und hat mir meinen Ring zurückgebracht."

Der Klang der Glocken weckte die Gemeinde am

folgenden Sonntag-Morgen. Von allen Seiten zogen die Andächtigen dem Gotteshause zu. Christoph Blacker trat aus seinem Hause, die Tochter an der Hand. Der Voigt, stattlich angethan, ein Bouquet von Gold- und Silberzindel auf der Brust, schritt ihm zur Seite und blickte in seiner hochmüthigen Weise auf das neugierige Volk herab, das sich ihm in den Weg drängte. Es fehlte nicht an spitzen Reden und hingeworfenen halben Worten, die auf den hochmüthigen Bräutigam und auf die wandelbare Braut gemünzt waren; allein Grete Blacker hörte sie nicht und Hanke Lüder war, viel zu stolz und hochfahrenden Sinnes, als daß er auch nur eine dieser Redensarten hätte auf sich beziehen mögen.

Der Gottesdienst verstrich in der gewohnten Weise, und der Pastor verließ die Kanzel, um gleich darauf vor dem Altar zu erscheinen und die Trauung zu vollziehen.

Das Brautpaar stand vor ihm; hinter diesem die Zeugen und darauf alle Diejenigen, welche sich berufen fühlten, dieser Handlung beizuwohnen. In dem Benehmen der Braut ging während der feierlichen Ansprache keine Veränderung vor; allein als nun der Pastor sich an sie besonders wandte und mit deutlicher Stimme sprach:

Kenntniß zu setzen. Der abgesendete Bote traf denselben in dem Augenblicke, als dieser die Drohungen des Voigtes erwiederte, und rief ihm von Weitem zu:

„Christoph Blacker! Geht nach Hause! Euere Tochter liegt im Sterben."

„Herr Jesus!" schrie dieser laut auf und stürzte nach Hause. „Grete! Grete!" rief er im Eintreten; aber der Arzt trat ihm entgegen und sagte:

„Haltet Euch still! Keinen Laut oder Ihr bringt sie um."

Schweigend setzte sich der Alte an dem Lager seines Kindes nieder. Er ließ sie nicht aus den Augen. Seine Lippen waren in steter Bewegung. Er betete.

Drei Tage gingen unter steter Furcht vorüber. Als am Morgen des vierten der Arzt die Kranke aufmerksam betrachtet hatte, sagte er zu der Frau, welche das Amt einer Wärterin versah:

„Ich gebe jede Hoffnung auf. Hier ist alle Kunst verloren. Sie stirbt noch vor Sonnen-Untergang."

Der Vater lag in der anstoßenden Kammer, den Schlaf suchend und ihn nicht findend. Ihm ging kein Wort von Dem verloren, was der Arzt sprach, und von seinem Lager aufspringend, rief er verzweifelnd:

„Er hat sie umgebracht und von ihm will ich sie

fordern. Hanke Lüber! Gieb mir meine Tochter
wieder. Ich will mein Kind, oder Dein Leben."

Umsonst suchte die erschrockene Wärterin ihn auf=
zuhalten. Er eilte aus dem Hause und schlug den
Weg nach Duhnen ein.

―――

Friedlich und still leuchteten die Feuer von Neu=
werk in die Nacht hinaus. Aber in das Gemach mit
dem Herde voll glühender Kohlen war von dem
Frieden nichts gekommen. Seit seiner Flucht aus der
Kirche zu Döse war der Voigt wilder und unbändiger,
als je vorher. Der Methkessel dampfte am Feuer;
allein Knecht Jasper stand nicht daneben, des Winkes
seines Herrn gewärtig, wenn dieser den Deckel des
leeren Kruges auf= und zuklappte, damit dieser neu
gefüllt werde. Er saß dem Voigt breit und behäbig
gegenüber, den Kopf zwischen den Händen und die Elln=
bogen auf den Tisch gestützt. Und der Voigt mußte
es leiden, denn Jasper war Zeuge, wie er die Leiche
bestahl, und hatte sich geweigert, von dem Raube seinen
Theil zu nehmen. Von der Stunde ab war er der Herr
seines Meisters. Der Voigt schwieg, wenn der Knecht
aufbegehrte und mehr aus Hohn, denn aus Lust und
Neigung ihm die besten Stücke aus der Schüssel nahm

Alle Schranken der Ordnung und Sitte waren durchbrochen. Man drängte nach dem Altar hin, wo dieser Auftritt stattfand. Man stieß und schob sich durch die Masse und manches böse Wort wurde laut. Der Voigt trat nahe an den Pastor heran, und nachdem er einen Blick auf den Ring geworfen hatte, rief er lachend:

„Das ist der meinige. Da der alte Geizhals nicht zu bewegen war, seiner Tochter einen Verlobungsring zu schenken, gab ich ihm diesen, damit er ihr denselben am Vorabend der Hochzeit bringe. Das ist der ganze Gespensterkram."

„Er spricht die Wahrheit!" sagte zitternd der Vater. „Ach Gott, wer hätte gedacht, daß die Hochzeit ein solches Ende nehmen würde."

„Mein ist die Grete und bleibt es!" schrie der Voigt laut auf. „Und wenn Himmel und Erde zusammenbrechen . . ."

„Verstummt, Ihr Frevler!" entgegnete der Pastor und edler Zorn flammte aus seinen Augen. „Entfernt Euch von dieser heiligen Stätte, die Ihr auf eine so sündhafte Weise entweiht. Entfernt Euch Alle und bittet daheim auf Euern Knieen Gott die Beleibigung ab, welche Ihr ihm anthatet. Wehe Denen, durch die das Aergerniß kommt! Sie werden vergehen vor seinem Zorn."

Die Kirche ward leer. Die Zeugen der unterbrochenen Trauung zerstreuten sich nach allen Seiten hin und die Kunde davon trug sich entstellt und vergrößert von Haus zu Haus. Hanke Lüder und Christoph Blacker geriethen in einen heftigen Streit miteinander und der Erstere rief:

„Ich war auf dem Wege, ein Anderer zu werden, als ich bin, und Euere Tochter hätte aus mir machen können, was ihr gut däuchte. Ich sah in ihr mein verstorbenes Weib auferstehen, gegen die ich mir mancher Uebelthat bewußt bin und wollte an ihr gut machen, um die Hingeschiedene zu versöhnen. Aber sie hat mich vor Gott und aller Menschen Augen verworfen und das soll ihr von mir mit jeder Qual, die ich ersinnen kann, vergolten werden."

„Ihr sollt Ihr kein Haar krümmen!" fuhr der Vater auf, bereit sein Kind zu vertheidigen und zugleich voll Scheu zu dem furchtbaren Gegner aufblickend. Ich will als Schutz an ihrem Lager stehen! Ich rufe die Obrigkeit gegen Euch auf."

Grete ward zu Hause gebracht und der zufällig in der Nähe befindliche Dorfarzt ging freiwillig mit. Dieser, das Schlimmste befürchtend, befahl, den Vater in

Hanke Lüber that, als höre er es nicht, und sagte: „Die Neuwerker Rolle ist streng. Es geht Dir an den Hals."

Der alte Mann gewann so viel Ruhe, daß er des Wortes mächtig wurde:

„Sie stirbt! Die Grete stirbt! Sie ist wohl schon gestorben und Du hast sie getödtet."

„Das wird immer bunter!" rief Jasper und rieb sich die Hände.

„Willst Du mich zum Todtschläger machen?" fragte der Voigt erbleichend, denn seine Vergangenheit stieg in den lebhaftesten Farben wieder vor ihm auf.

„Ich bin ein Bettler geworden durch Dich, der Du mir mein irdisches Gut und mein Kind stahlst. Gieb Deinen Raub heraus und wecke die Grete von den Todten auf, oder ich schlage Dich todt."

Bei der Aufregung, worin sich Alle befanden, hatte Keiner auf die Veränderung geachtet, welche draußen stattfand. Mit der beginnenden Fluth kam der Wind von Norden und trieb eine Wolkenschicht vor sich her, welche die ohnehin finstere Nacht noch undurchdringlicher machte. Die Bewohner des Eilandes, sowie Mehrere, welche sich als Helfer in der Noth vorübergehend hier aufhielten, fanden sich zusammen und traten gemeinsam an den Strand. Botschaft auf den Thurm sendend, damit der Voigt erfahre, was er billig mit eigenen Augen zuerst hätte erkunden sollen.

Die Botschaft langte an und Hanke Lüber rief:

„Frischauf zur neuen Jagd mit Wind und Wellen. Wir wollen ihnen die Beute schon abjagen. Nun, Christoph Blacker, Du alter Geizhals, der Du mit Deinen gierigen Händen nach Allem greifst, was Dir in den Weg kommt, merke auf. Gehe mit an den Strand und das Erste, was die grollende See uns vor die Füße wirft, soll Dir gehören."

Alle polterten die Treppe hinab, daß es an den Wänden dumpf wiederhallte. Die starke Kühlte war zum schweren Sturm geworden. Drohend streckten die Wellen ihre weißen Häupter aus der Tiefe. Ueber die Banken von Scharhörn und Klein-Vogelsand breitete sich die Brandung aus, wie ein weißschimmerndes Leichentuch, ohne Ende und ohne Lücke.

„Hollah und Ahoi!" rief der Voigt, der den Uebrigen voran war. „Was wißt Ihr?"

Die Männer, an welche diese Worte gerichtet waren, machten ihm Raum und Einer sagte:

„Herr Hanke Lüber, es muß ein Schiff in der Nähe sein. Mir war es, als hätte ich einen Schim=

und den letzten Abendtrunk in die eigene Kehle goß. Aber Hanke Lüber ward immer wilder und ungezügelter. Hunderte von schweren Flüchen wetterten von seinen Lippen und Tod und Verderben lagen in seinen Augen, wenn er den übermüthigen Knecht damit anblitzte.

Da polterte es auf der Treppe. Ein verworrenes Geräusch von Stimmen drang in das Gemach der wüsten Zecher. Der Voigt taumelte von seinem Sitze auf und rief dem Knechte zu:

„Siehe zu, wer es ist!"

„Die Reihe ist an Dir!" war die trockne Antwort des Jasper.

„Satan! Hüte Dich! Ich will es wissen!"

„Und ich kann es abwarten!"

Eine schwere Verwünschung folgte der frechen Antwort. Aber in demselben Augenblicke flog die Thür auf und einer der Knechte trat ein, einen Mann hinter sich herschleppend, der sich gewaltig sträubte.

„Was giebt es?" fragte der Voigt.

„Voigt," entgegnete der Knecht, „diesen Mann haben wir aufgegriffen, weil er in der Dunkelheit am Strande umherlief, den nach Sonnen=Untergang kein fremder Fuß betreten soll. Ihr werdet wissen, was mit ihm zu thun ist."

„Näher mit ihm!" befahl Hanke Lüber, und der

Knecht schob seinen Gefangenen dicht an die Tafel, wo die Gluth des Herdes und die von der Decke herabhängende Lampe sein Gesicht beleuchteten.

Hanke Lüber schlug ein lautes Gelächter auf: „Christoph Blacker!"

Der Unglückliche war es. Als er vernahm, daß seine Tochter nicht zu retten sei, flog er zum Hause hinaus. Bereits fieberhaft erregt, weil durch die fehlgeschlagene Heirath ihm Geld und Gut entzogen ward, das er schon als sein Eigenthum betrachtete, steigerte sich dieser Zustand bis zur größtmöglichsten Höhe.

„Der Voigt verschuldet Alles! Der Voigt soll es büßen!" Das war der einzige Gedanke, der ihn beherrschte. Von diesem getrieben, stürmte er durch das Dorf, auf keinen Zuruf achtend. Wie er bis zum Neuwerker Thurm gelangte? Keiner wußte es und er selbst hätte es nicht zu sagen vermocht. Allein er stierte den Voigt mit seinen verglasten Augen an. Er hob die Hand gegen ihn auf und ein heiserer Schrei begleitete diese Drohung. Der Voigt lachte laut auf und sagte:

„Christoph Blacker, was fällt Dir ein? Bist Du ein Stranddieb geworden und obenein so dumm, Dich greifen zu lassen?"

„Er macht es wie Du, mein Junge!" kicherte Jasper in sich hinein.

mer in der Luft gesehen und gleich darauf folgte ein dumpfes Rollen."

„Es waren Donner und Blitz!" sprach ein Zweiter, der Beides ebenfalls wahrnahm.

„Ein Schuß war es, ich bleibe dabei!" entgegnete der Erste. „Hei, da ist es wieder!"

Alle merkten auf. Ein schwaches Leuchten erhellte für einen Augenblick die Finsterniß an einem Punkte. Gleich darauf rollte es donnerähnlich durch die Luft, nur einem scharfen Ohre vernehmbar.

„Ein Schiff in Noth!" rief der Voigt. „Von welcher Richtung her kam der Schall, meint Ihr?"

„Von dorther, Herr!" antwortete der Mann, der zuerst die Kunde brachte. „Doch war das Leuchten schwächer und das Rollen matter, als das erste Mal. Das Schiff muß seine Steuerkraft verloren haben und treibt nun auf den Steert von Klein-Vogelsand los, meine ich."

„Dort ist es verloren!" sagte Hanke Lüder. „Von dort bringt Keiner ein Wrack ab."

„Ihr sagt recht, Herr. Wenn der Tag anbricht, werden wir das Wrack nahe genug vor uns sehen."

„Und die Blankeneser, die sich wie hungrige Raben auf ihre Beute herabstürzen, dazu. Heran, alle Mann!

Biet Biet!
Hier is Bilet!"

„Ich sehe schon ihre weißen Segel leuchten!" rief Hanke Lüder laut.

Nochmals leuchtete es auf. Es flog wie ein feueriger Schweif jählings in die Höhe, drehte sich ein paar Mal im Kreise und erlosch.

„Was ist das?" rief es hier und dort.

„Eine Rakete!" entgegnete Knecht Jasper rasch. „Und da es von unten herauf kam, denke ich, es ist ein Boot, das von dem Wrack abstieß und sich die Straße erhellen wollte. Dummes Volk!"

Alle Augen blickten nach der Richtung hin, von welcher her man die Rakete steigen sah.

„Da! Da!" rief es hier. „Seht auf dem weißen Gischt der Brandung die dunkle Gestalt."

„Nein dort! Dort!"

„Ueberall und doch nirgends. Wer sieht Etwas?"

„Es ist fort!"

„Da kommt es wieder! Es steigt in die Höhe, wie der Tummler am Frühmorgen, wenn er den Sturm wittert."

„Das ist das Boot!" rief der Voigt über die Andern hinaus. „Frisch auf, alle Mann! Laßt ein lautes Hurrah ertönen, zum Zeichen, daß wir alert sind. Vielleicht hören sie es!"

„Hurrah!" rief es in langgezogenem Tone. Die brandenden Wellen und der fliegende Sturm verschlangen das wilde Rufen. Als es verhallt war, horchten sie mit vorgebeugtem Leibe, ob eine Antwort erfolge. Umsonst. Es ward Nichts vernommen.

„Da steigt es wieder!" schrie Einer. „Es scheint nahe heran zu sein."

„Ich sehe es nicht mehr!" rief Hanke Lüder. „Der weiße Gischt hat es begraben. Gebt Acht, wenn es wieder kommt!"

„Es kommt nicht wieder!" entgegnete Jasper, der in seiner Nähe stand. „Es ist hin."

„Und meine Grete ist auch hin!" heulte Christoph Blacker. „Mein armes Kind, das so bleich ist, als die See da vor uns."

„Halte das Maul, Du alte Eule!" sagte der Voigt schauernd. „Du bist ärger als der Todtenvogel, der auf dem Fenstersims der Sterbenden niederhockt."

Das Boot kam nicht wieder. Die Brandung hatte es hoch gehoben und dann mit einem gewaltigen Schlage niedergeschmettert auf den hartgeschlagenen Sand.

Der erste Schimmer des neuen Tages zitterte

über die Wellen hin. Das scharfe Auge vermochte hier und da die in einander verschwommenen Gegenstände zu trennen. Der Sturm hatte die dicken Wolken auseinander gerissen und ein Stück blauer Himmel ward sichtbar, woran ein erblassender Stern hing.

„Da taucht Etwas auf!" rief Jasper laut. „Das erste Beutestück des Tages. Hierher trägt es die Welle! Hierher!"

„Das erste Beutestück gehört dem Christoph Blacker," sagte der Voigt. „Ich habe es ihm versprochen."

Jedes Auge blickte nach dem dunklen Gegenstande. Die Welle, die ihn trug, rollte heran und heller begann der Tag zu leuchten.

„Eine Leiche!" rief einer der Knechte. „Das nächste Seerollen bringt sie hierher."

Eine Secunde lang war es, als erhole sich das wüthende Element von dem gewaltigen Kampfe, dann kehrte es mit verdoppelter Macht zurück und warf den erstarrten Körper dem Voigt vor die Füße

„Das ist Deine Beute!" sagte Hanke Lüber, unwillkührlich zurücktretend. Christoph Blacker bedeckte das Gesicht mit beiden Händen.

Jasper hatte sich auf den Körper geworfen und sprang gleich wieder auf. Er hielt dem Voigt eine Uhr dicht vor das Gesicht und sagte:

„Hörst Du das? So lange die Uhr in der Tasche des Ertrunkenen tickt, ist Leben in ihm. Den da darfst Du nicht verschenken."

Zwei der Männer hatten sich des an den Strand geworfenen Mannes bemächtigt und ihn vollends auf das Trockene gebracht. Sie wandten jede Hülfe an welche ihnen zu Gebote stand, das entflohene Leben zurückzurufen.

Knecht Jasper, der seine Lust daran hatte, alle Menschen zu quälen, die in seine Nähe kamen, näherte sich dem Christoph Blacker und sagte:

„Die Beute ist hin; Mann und Uhr, Beide zugleich. Aber Du kannst Dir doch wenigstens in der Nähe ansehn, was Du verloren hast. Vielleicht wird er auch wieder lebendig und bläut Dich dafür tüchtig durch, daß Du in Gedanken schon die Hand nach ihm ausstrecktest. Vorwärts, alter Geizhals! Noch tickt die Uhr!"

Er trieb den alten Mann mit Stößen der Stelle zu, wo die Männer beschäftigt waren, das erstarrte Leben zu wecken. Zögernd wandte er sich um, aber kaum hatte er den ersten Blick dahin gethan, als er laut ausrief:

„Jesus und Du, allmächtiger Gott und Vater! Das ist der Lüber Hein, der Verlobte meiner Grete!"

Fast bewußtlos sank er mit diesen Worten neben dem Erstarrten hin.

„Ich habe Dich todt gelogen!" stöhnte Christoph Blacker bang, „und darum kommst Du jetzt als Leiche zu mir. Die Grete ist auch todt und da steht der Mann, der sie getödtet hat."

Er blieb zerknirscht neben dem gefundenen Geliebten seiner Tochter liegen. Seine Hände falteten sich zusammen; seine Lippen bewegten sich. Es schien, als ob er bete.

Mit dem steigenden Tage entstand ein immer regeres Leben am Strande. Mehrere der Schiffbrüchigen wurden angetrieben und in Sicherheit gebracht. Auf dem Steert von Klein=Vogelsand wurde das Wrack des Schiffes bemerkt, welches in der Nacht geschossen hatte. Zwei Blankeneser Ewer hielten mit raumen Schooten darauf ab. Die Trümmer des Bootes schlugen krachend auf den Strand nieder.

Seit der Minute, daß der Steuermann Lüder Hein geborgen war und, mit dem Gesicht der Tageshelle zugekehrt, auf dem Sande lag, war der Voigt Hanke Lüber nicht mehr er selbst. Er sprach nicht; er achtete auf Nichts, was seine Leute thaten und was um ihn her vorging. Nur mit einer ängstlichen Scheu blickte er seitwärts nach dem bleichen, jungen Manne und fuhr, wie vom Blitz getroffen, zusammen, als der Mann, dessen Pflege der Steuermann anvertraut war, plötzlich ausrief:

„Er schlägt die Augen auf!"

Als hätte dieser Ruf allen Erstarrten neues Leben verliehen, erhob sich Christoph Blacker und hing sich an Lüber Hein, der sich zu regen begann und einen Versuch machte, sich zu erheben.

Christoph Blacker wimmerte in seinem Schmerz. Er konnte keine Worte finden, um die Gefühle kund zu thun, die ihn bestürmten. Der junge Mann richtete sich langsam auf und blieb am Boden sitzen. Er sah den Alten vor sich und rieb seine Stirn, als wolle er sich besinnen.

„Ich kenne Dich. Du bist meiner Grete ihr Vater!" sagte er nach einer Pause.

„Wehe, daß ich es bin und neben Dir stehen muß, als ein armer Sünder. Dich habe ich todt gelogen und nun kommst Du als ein Lebendiger, um Dich zu rächen. Gnade, Lüber Hein! Ich habe das Deinige nicht verpraßt und Du sollst es bei Heller und Pfennig wieder haben."

Die Magd des Voigtes kam mit einem dampfenden Kruge, worin heißes Bier glühte, das mit Honig und Ingwer angemacht war. Begierig ergriff Lüber

Hein denselben und leerte ihn bis auf den letzten Tropfen. Gekräftigt richtete er sich vollends auf und fragte:

„Wo sind wir?"

„Schau um Dich!" sagte Christoph Blacker „Wir sind auf Neuwerk und da vor Dir auf dem Steert von Klein=Vogelsand sitzt das Schiff, zu dem Du gehörst."

„Das ist entsetzlich!" rief der junge Mann erschüttert. „Ich bin zu Hause."

„Besinne Dich, Lüder Hein," sagte Christoph Blacker und begann sich vor dem Ausdruck des Schreckens zu fürchten, der sich in dem Gesicht des jungen Mannes zeigte. „Du hast mir sonst gesagt, Du hättest keine Heimath."

„Höre, Vater Blacker!" sprach der junge Steuermann. „Hast Du nie von dem wilden Lüder gehört, der in dem Piratenthurm auf diesem Eilande wohnte?"

„Er wohnt noch darin!" murmelte der Alte leise vor sich hin.

„Das Weib des wilden Lüder starb aus Gram, weil er ihr einziges Kind, einen unmündigen Knaben, in die weite Welt jagte."

„Ich weiß davon."

„Nun, Vater Blacker; dieser Knabe, Hein Lüder,

ging als ein Bettelkind von der Insel fort und lebte als Waise unter Fremden, heimathlos und von Niemandem geliebt, bis er endlich in Dein Haus trat und unter Deinem Dache eine Heimath und ein Herz fand."

„Die Heimath ist verödet und das Herz ist gebrochen!" sagte Christoph Blacker tonlos.

„Was wollen diese Worte sagen?" fragte der junge Steuermann entsetzt.

„Mein Kopf! Mein Kopf!" jammerte der Alte. „Er droht zu zerspringen. Wehe mir und Dir, der Du unschuldigerweise von dem Strudel fortgerissen wirst, der mich verschlingt."

„Barmherzigkeit, alter Mann! Ich liege auf der Folter! Sprich deutlich!"

Der alte Blacker war nicht dazu im Stande. Er gab sich jede ersinnliche Mühe, allein der Brustkrampf, der ihn am Reden hinderte, preßte ihm nur einen Schrei der Angst und des Entsetzens aus.

Der Voigt, der ein Zeuge dieser Unterredung gewesen war, trat jetzt vor den jungen Mann hin und sagte:

„Ich will für ihn eintreten."

Lüber Hein taumelte auf und, den Voigt mit bangem Erwarten anstarrend, rief er:

„Wer seid Ihr?"

„Kehre Deinen Namen um, Lüder Hein, und sieh mich scharf an, dann wirst Du errathen, wer ich bin."

„Vater!" stammelte er nach einer Pause.

„Das ist ein Name, den ich nicht verdiene," sagte Hanke Lüder. „Aber Du bist ein Mann geworden und ich will Dir nicht die Rechenschaft vorenthalten, die Dir gebührt. Komm' mit mir. Ich will Dir Alles offenbaren. Dieser neue Morgen hat ein Licht um mich her verbreitet, wie ich nie eines gesehen habe. Ich wi mit Allen Frieden machen und zuerst mit Dir. Damals stieß ich Dich wildfluchend hinaus in die Welt, jetzt führe ich Dich in mein Haus, um Dir zu beichten. Es giebt eine Gerechtigkeit, das fühle ich in dieser Stunde."

„Hein Lüder, tief erschüttert, entgegnete Nichts, sondern ging mit seinem Vater in das Innere des Thurms. Christoph Blacker folgte ihnen in der vollen Aufregung, worin er sich noch immer befand. Es war eine Scene voll wunderbarer Schauer, diese drei Männer neben einander sitzen zu sehen, wie Zwei aufhorchten, wenn Einer sprach, bis nun am Ende Alles gesagt war und sie sich bei der Hand hielten und sich lange ansahen, ohne ein Wort zu sprechen.

Der Voigt Hanke Lüder war der Erste, der sich erhob. Er schüttelte die Hand des Sohnes und sagte

mit einem Tone in der Stimme, die seine große Er=
regtheit verrieth:

„Wir haben uns gefunden, mein Sohn, und schei=
den, um uns nicht wieder zu begegnen. Deine Wege
sind die meinigen nicht und überdies stehe ich bald
am Ziel. Was ich Dir mit gutem Gewissen von
dem Meinigen übergeben darf, wird Dir werden; das
Uebrige hat seine Bestimmung und steht auch wohl
Dein Verlangen nicht darnach. Und nun noch einen
Kuß auf Dein blasses Gesicht, das so sehr Deiner
Mutter ähnelt, und dann fort."

Der Voigt ging aus dem Thurm und sah seine
Leute mit denjenigen Schiffbrüchigen beschäftigt, die
sich, dem Steuermann gleich, erholt hatten. Unter
dem Crucifix lagen zwei Leichen.

„Knecht Jasper," befahl der Voigt. „Schirre so=
gleich den Wagen an und halte Dich zur Abfahrt
nach der fasten Wall bereit. Der junge Seemann und
der alte Blacker sollen hinüber."

„Können bleiben bis Morgen!" brummte der
Knecht. „Paßt mir jetzt nicht."

„Hollah, Knecht Jasper! Hast Du gehört, was
ich Dir befohlen habe?"

„Will es nicht thun. Muß es durchaus ange=
schirrt sein, bemüht Euch selbst."

„Rebell! Meine Hand kommt über Dich!"

„Ha! Ha! Ha! Ihr dürft mir nichts thun. Ihr werdet Euch wohl hüten, mir etwas zu thun! Was kümmern mich das Gefährt sammt den Kerlen, die darauf herum cariolen sollen! Was meint Ihr?"

Mit diesen letzten Worten wollte Jasper die stutzig gewordenen Leute gegen den Voigt aufhetzen.

„Halt!" rief dieser mit seiner mächtigen Stimme, die so oft über die Brandung hinaus tönte. „Wer sich von der Stelle rührt, ist ein Rebell, wie Jener dort. Greift ihn und schnürt ihm die Arme auf dem Rücken zusammen. Er soll seiner Strafe nicht entgehen."

„Das wird Dein Letztes!" kreischte Jasper vor Zorn und suchte sich umsonst der Männer zu erwehren, die das Gebot des Voigtes vollzogen. „Ich will reden und Alles wird an den Tag kommen! Du sollst dem Galgen nicht entlaufen."

„Es ist schon Alles gesagt und es bleibt Dir Nichts zu verrathen mehr übrig!" entgegnete der Voigt mit erzwungener Ruhe. „Werft ihn in einen Winkel des Thurmes hin und laßt ihn dort liegen bis zum folgenden Tage. Einer von Euch halte den Wagen bereit."

Unter fortdauernden Verwünschungen ward Jasper von den Knechten in den Thurm geschleppt. Hein

Lüber und Christoph Blacker verließen denselben und bestiegen den Wagen, der bald darauf bereit stand. Die Ebbe lief rasch und legte die Furth trocken, die durch das Watt nach dem Dorfe Duhnen auf das Festland führt.

———

Mehrere Tage waren verstrichen. Steuermann Hein Lüber war nach Hamburg gegangen, um seine Verklarung zu belegen, und die mit ihm geretteten Leute begleiteten ihn. Als dem Gesetze genügt war, kehrte er nach Curhafen zurück.

Auf dem Landwege nach Döse traf er mit dem Arzte zusammen. Der junge Mann schloß sich an ihn an und fragte nach dem Befinden seiner Grete.

„Der Leib ist genesen", war die Antwort, „allein die Seele ist krank und ich weiß nicht, woher die Heilung kommen soll. Ist Euch Alles bekannt?"

„Alles!" sagte Hein Lüber. „Das arme Ding! In einem Augenblicke der Verblendung hat sich ihr Herz von mir abgewendet und nun soll ihr ganzes Leben verstört sein. Das ertrage ich nicht, denn meine Liebe zu ihr ist eben so redlich und treu, als vorher. Ihr müßt Rath schaffen, Doktor. Der Grete muß Hülfe werden, sie mag kommen, woher sie will."

„Ich bin es schon so sehr gewohnt, daß man von mir Unmögliches fordert, daß ich mich auch in diesem Falle nicht wundere," entgegnete der Arzt. „Und oft sind die Gesunden ärger, als die Kranken selbst, die hart darnieder liegen und denen das Leben eine Last geworden ist."

„So ist denn Alles vergeblich," sagte Hein Lüder traurig. „Lebt wohl, Herr. Ich will Euch nicht länger belästigen."

Der Arzt hielt den jungen Mann auf und sagte, halb im Ernst, halb im Scherz:

„Immer in voller Fahrt, ohne Rast und voller Hast. Seid Ihr ein Seemann und wißt nicht, daß der günstige Wind ein Geschenk ist, das uns vom Himmel herab in die Segel fällt? Wenn es die Noth= wendigkeit befiehlt, muß man laviren, bis der Wind wieder räumt. Kommt! Kommt! Seid nicht so kurz angebunden und laßt Euch bedeuten. Wir wollen die= sen Feldweg einschlagen, der uns bis an den Deich führt. Ein Blick auf die Elbe und ein freies Wort vom Herzen herunter gesprochen, macht Vieles wieder gut."

Hein Lüder folgte, wenn auch mit Widerstreben. Als sie oben auf dem Kamme des Deiches standen, wo die frische Seeluft brisete, schwand der düstere Zug aus dem Gesicht des jungen Mannes. Und als er eine Stunde später mit dem Arzte nach dem Dorfe zurückkehrte, sprach er froh:

„Das lohne Euch Gott! Ihr habt mich geheilt. Jetzt hoffe ich Alles für Gretens Genesung."

Um dieselbe Zeit war es, wo Christoph Blacker aus der Kammer seines kranken Kindes kam, noch niedergedrückter, als bisher. Auf alle seine Fragen erhielt er keine Antwort. Sie saß auf ihrem Stuhle, sah unverwandt nach derselben Stelle und sprach ab und zu die Worte:

„Er brachte mir seinen Ring!"

Zögernd verließ er sein Kind und ging hinaus.

„Warum habe ich mich nun ein langes Leben hindurch gequält?" sprach er traurig vor sich hin. „Vor der Welt habe ich den Geizhals gespielt, habe mich schinden und mit Füßen treten lassen, damit sie die Fülle habe, wenn ich die Augen schließe, und die Leute sagen müßten: Er war doch ein guter Kerl, der Christoph Blacker, und es ist uns leid, daß wir ihm Unrecht thaten. Hätte auch lustig leben und mein Geld verthun können, wie es die Andern machen. Nun ist mein Leben ein Jammer ohne Ende."

Die Dämmerung brach herein und ließ die Gegenstände nicht mehr genau unterscheiden. Es kam

Jemand die Diele entlang und Christoph Blacker rief ihm entgegen:

„Wer kommt so spät?"

„Ich bin's; der Doctor. Haltet Euch still und wenn Ihr dazu im Stande seid, betet das Vater-Unser her, oder die zehn Gebote und den Glauben."

„Was habt Ihr vor? Was soll geschehen?"

„Das steht in Gottes Hand. Aber in einer Stunde ist klarer Himmel, oder es bleibt für immer finstere Nacht."

Der Arzt ging an dem alten Manne vorüber, der unwillkührlich die Hände faltete und die Lippen bewegte.

Grete saß an ihrem gewohnten Platze. Die Finsterniß, welche sie bis dahin umgab, schwand und das Mondlicht fiel durch die Scheiben. Der magische Schimmer umgab den Rahmen der Thür mit einem ungewissen Scheine. Eine Gestalt erschien auf der Schwelle und betrachtete das junge Mädchen mit stiller Rührung.

Still war es in diesem Raume. Da seufzte das Mädchen und sagte:

„Lüber Hein!"

„Was willst Du von mir, Grete Blacker?" erfolgte als Antwort.

Bei dieser Anrede bebte sie zusammen. Ihre Augen öffneten sich weit und irrten umher, allein sie vermochten Nichts zu unterscheiden und traurig senkte sie das Haupt. Noch einmal tönte der Name des Geliebten von ihren Lippen.

„Ich bin hier, Grete Blacker!" sagte die Gestalt in dem Rahmen der Thür und trat vollends ein. „Warum rufst Du mich?"

Sie schauerte zusammen und sah mit Furcht und Bangen zu ihm auf.

„Ich erkenne Dich. Du kommst, um mich zu schelten und zu strafen."

„Ich komme, um mich mit Dir zu versöhnen."

„Bist Du der Geist des armen Lüder Hein, den ich treulos verließ und der mir den Verlobungsring, den er von mir trug, vor die Füße warf?"

„Das that ich, weil Dein Herz sich von mir wendete. Aber ich sah Deine Reue und ich komme, wieder zu fordern, was mir gehörte. Grete Blacker, gieb mir meinen Ring zurück."

„Sie stieß einen lauten Schrei aus. Die Gestalt näherte sich. Sie fühlte seinen Athem um ihre Stirn wehen; er zog sie an sein laut schlagendes Herz und rief:

„Grete Blacker! Gieb mir meinen Ring wieder!"

„Lüder Hein!" schrie die Jungfrau auf und die Röthe des Lebens flog über das todtenähnliche Gesicht. „Du lebst? Du kommst?"

„Ich lebe und komme!" antwortete er schnell. „Und Du lebst mit mir und in mir. Gieb mir meinen Ring und Alles ist, wie es vordem war. Du bist meine Braut."

„Ja! Ja!" rief sie aufjauchzend und streifte den Ring von ihrem Finger und reichte ihn dem Freunde; dann aber schwanden im Uebermaß des Glückes ihre Kräfte und bewußtlos sank sie in die Arme des Freundes.

Der Arzt eilte herbei und Beide trugen das junge Mädchen auf ihr Lager, wo sie bleich, mit geschlossenen Lippen lag. Gleich darauf trat der Vater ein und fragte mit bebender Hast:

„Ist dies der Tod?"

„Nein!" entgegnete der Arzt. „Es ist der Schlaf; der gesunde, stärkende Schlaf der Genesenden. Lassen wir sie ruhen. Morgen ist sie unser."

———

Abermals läuteten die Glocken auf dem Kirchthurm zu Döse; abermals wurde in dem Hause des Christoph Blacker einer jungen Braut der Kranz aufgesetzt. Dieses Mal indessen geschah es unter

Scherz und Frohsinn und das Herz pochte lebhaft in der jungen Brust; die Augen schwammen in Thränen der Lust.

So fröhlich hatte lange keine Rundjacke drein geschaut, als der junge Seefahrer Lüder Hein mit dem Capitainspatent in der Tasche in dem Augenblicke aussah, da er in das Haus des alten Blacker trat, um Grete zur Kirche abzuholen. Es stand vieles Volk vor der Thür, dem er einen heiteren Tag wünschte, wie ihm einer geworden, was mit gleicher Herzlichkeit erwiedert ward, nur nicht von der alten Mutter Dreiersch und ihren nächsten Nachbarinnen, der Elsbeth und dem Beckchen. Die Letzteren rümpften die Näschen und spotteten über den Bräutigam, den sie gar zu gern für sich selbst gehabt hätten, und die Elsbeth sagte:

„Hm! Sollte mir fehlen, mit einem Bräutigam durch das Dorf zu ziehen, dessen Vater . . ."

Beckchen ließ die Freundin nicht ausreden, sondern setzte ihre Rede fort:

„Schämte mir die Augen aus dem Kopfe, wenn ich einen Schwiegervater bekäme, der kriminalisch sitzt."

„Gesessen hat, Kind!" sagte die Alte. Mit dem Sitzen hat es ein Ende. Er liegt!"

„Sind sie ihm an's Leben gegangen?"

„Hat es selbst gethan, Kind! Hat sich den Hals abgeschnitten."

„Und das Volk macht Hochzeit und will tanzen und jubiliren!" schrie Elsbeth entrüstet. „Ist denn dem alten Blacker das letzte Bischen Christenthum verloren gegangen?"

Das Alles hatte ein alter Mann gehört, der ein entfernter Verwandter der jungen Elsbeth war und zürnend zu dieser sagte:

„Schäme Dich, daß Du so harte Worte von einem jungen Mädchen sprichst, die erst ein so schweres Leid bestanden hat und nun zu dem lange ersehnten Frieden eingeht. Wenn irgend Jemandem in der Gemeinde das Christenthum verloren ging, bist Du es, der es abhanden kam. Sie aber, Frau Dreiersch, sollte ich als Gerichtsmann zur Verantwortung ziehen, weil Sie absichtlich solche Schändlichkeiten ausbreitet. Der Hanke Lüder hat die ihm auferlegte Strafe redlich verbüßt und ist, als Gott der Herr ihn anrührte und ihn der Schlag traf, aufrichtig seine Sünden bereuend, gottselig verstorben."

„Was brauche ich mir von Ihm vorpredigen zu lassen!" grollte das alte Weib. „Packe Er sich zum Teufel!"

„Da gehört Sie hin, Frau! Und wenn Sie

wohlbehalten dort ankommt, findet Sie Gesellschaft, die für Sie paßt. Ich meine den treulosen Knecht Jasper, der sich vor dreien Tagen aufhing, als sie kamen, um ihn zu greifen."

„Sie kommen! Sie kommen!" rief es rings umher und heraus traten Grete Blacker und Lüder Hein, glückselig und froh den gemeinsamen Gang durch das Leben beginnend. Hinter ihnen drein schritt Christoph Blacker im stattlichen Festkleide, blitzende silberne Spangen auf den blanken Schuhen. Die Glocken läuteten hell und klar und von der Elbe her erklang das Rauschen der wallenden Fluth, so ernst und gemessen, daß es sich anhörte wie ein von den Unsichtbaren gesungener Choral.

Im Moor.

Im Moor.

Allmählich bricht der Abend herein. Die frische Brise des Tages läßt nach und ein leiser Hauch gleitet über die kaum bewegte Elbe. Das lebhafte Treiben des Tages verliert sich. Die Ruhe der Elemente übt ihren Zauber auf den Menschen aus.

Kein reger Verkehr mehr auf der alten Liebe. Der hart vor dieser Brücke liegende Blankeneser Ever schaukelt sich auf der Fluthwelle. Der Knecht klart das Deck und gießt einen Wasserstrom darüber hin. Der Junge schmort am Kochfeuer mit der Bratpfanne um die Wette. Der Herr des Evers steht an dem Rande der Brücke, die kurze Thonpfeife im Munde, und sieht behaglich dem Scharwerken seiner aus zwei Personen bestehenden Schiffsequipage zu. Behilft sich auf einem kleinen Raume der Mann und hat doch früher auf einem der größten Dreimaster als Deck= offizier ein scharfes Regiment geführt.

Der Blankeneser ist beiblebig. Auf dem Lande weilt er nur vorübergehend. Das Wasser ist seine eigentliche Heimath und die Rund= und Plattfische, die darin schwimmen, sind seine Beute.

Der Hafenmeister macht seine letzte Runde. Er schreitet bis zu dem äußersten Punkte der Duc d'Alben vor, legt die Hand über die Augen und schaut stromauf und stromab. Er nickt den umher lungernden Jollenführern zu, drängt sich durch eine Schaar von Knaben, die sich fröhlich umhertummeln, und geht nach Hause, wo ihn die Theemaschine mit lautem Gesumme begrüßt.

„Wer es auch so haben könnte!" brummte einer der Jollenführer vor sich hin. „Er geht nach Hause und ißt seinen Braten zum Grog, während Unsereiner den getrockneten Butt mit einem dürftigen Schluck hinunterspült. Kein Leben so geplagt, als das eines Jollenführers."

„Könnte es auch nicht loben!" sagte sein Maat, „am wenigsten an einem Tage, wo der Verdienst für uns Beide mit einem Doppeltmark viel zu reichlich zu Buch gebracht wird. Aber sieh' einmal den Jochen. Macht sich an den Blankeneser und stopft seine Pfeife aus dessen Beutel."

„Dafür muß er dem Kerl bei seinen Lügenge= schichten aus Ostindien zuhören und ihn nachher dafür beloben," war die Antwort. „Wollen doch auch einmal zuhören und ihm den Kopf zurecht setzen, wenn er wieder aufschneidet. Können ja auch Eins mitrauchen. Haben es Gottlob noch und brauchen nicht zu betteln, wie der Jochen. Hollah, Ihr dummen Jungen! Was kollert Ihr mir vor den Füßen herum, wie eine leere Boje auf dem Wasser tanzt? Wollt Ihr machen, daß Ihr nach Hause kommt?"

Kreischend stäubten die Jungen auseinander, um sich gleich darauf wieder zusammen zu finden.

Die beiden Jollenführer gingen auf den Blankeneser zu und mischten sich in das Gespräch. Die Knaben trollten weiter. Ein alter Mann, der unfern von ihnen saß, blickte mit wehmüthiger Trauer auf die lebensfrohe Gruppe und winkte Denen zu, die in seine Nähe kamen. Aber die Buben schüttelten mit dem Kopfe, und als er die Arme nach ihnen ausstreckte, liefen sie schreiend davon. Der alte Mann ließ die Arme sinken und sagte:

„Meiner ist nicht dabei. Ich weiß nicht, wo er geblieben ist, der Gottfried. Wäre nun schon ein ganz tüchtiger Bursche und könnte mir zur Hand gehen. Habe ihn weggegeben und Glück und Stern sind mit ihm gegangen."

Er blickte den Knaben nach, welche dem Deich

entlang nach Hause liefen, und sagte, indem er sich erhob:

„Vielleicht kommt er wieder und sagt: Vater, ich vergebe Dir, daß Du mich wegschenktest. Ich bin da, Vater, und will Deine Stütze sein."

Seine Stimme ging in ein unverständliches Gemurmel über und er sagte dann zu sich selbst:

„Da sind Leute! Die wissen vielleicht, ob eines jener Schiffe Nachrichten gebracht hat. Es ist voll von Fahrzeugen auf der Rhede und eines könnte doch.... Sie werden mich wieder ausschelten und auslachen; aber es thut nichts. Ich frage ja nach meinem Gottfried."

„Und damit Hollah!" sagte der Blankeneser, indem er die Pfeife ausklopfte und in die Tasche schob. „Es muß Feierabend sein. Meine Fische sind verkauft und heute Nacht mit Hochwasser gehen wir in See. Wollt Ihr zum Abschied einen Schluck? Braucht nicht zimperlich zu thun. Habe es dazu. Deck ahoi! Viet! Die Geneverkruke!"

Der Junge langte die Kruke dem Schiffer zu und dieser sagte ansetzend:

„Wer das Kreuz hat, der segnet sich. Wohl bekomme es, erst mir, dann Euch. He! Wer ist der Mann, der so ängstlich auf uns zukommt?"

„Heißt Claas Tamm," sagte der Jollenführer, „und wohnt dahinten auf dem Moor. Ist nicht recht richtig im Kopfe mit ihm. Müßt Euch mit ihm nicht abgeben. Thut Eure Kruke weg!"

„Warum?" fragte der Schiffer. „Hat es Euch geschmeckt und wollt Ihr nun einem Andern Nichts gönnen? Jetzt gerade soll er seinen Theil haben. Heda, Alter, wollt Ihr einen Schluck?"

Der Alte nahm den Krug, nippte daran und sagte, ihn zurückgebend:

„Da Ihr so gut seid, werdet Ihr mir auch sagen, ob mein Junge, der Gottfried, vielleicht heute binnen gekommen ist?"

„Was fragt Ihr da, Mann?" entgegnete der Schiffer, und der Jollenführer sagte:

„Habe Euch gewarnt. Er fragt Jahraus, Jahrein nach seinem Sohn, von dem kein Mensch etwas weiß, wenn sie ihm auch schon neun und neunzig Male die Wege wiesen. Scheert Euch nach Hause, Claas Tamm und molestirt die Leute nicht. Wer heißt Euch hier herumlungern?"

„Die Brücke ist für Jedermann!" antwortete Claas Tamm mit einem Anfluge von Hast und fuhr dann zu dem Schiffer gewendet fort:

„Als der Gottfried verschwand, reichte er mir eben

über das Knie und jetzt würde er mir über den Kopf wegsehen, wenn ich ihn hier hätte. Was macht er nur so lange außer Landes?"

„Ich weiß es nicht! Und die Andern wissen es auch nicht!" sagte der Schiffer. „Faßt Euch in Geduld, Mann, und stellt dem lieben Gott Euere Sache anheim. Hoffnung ist ein fester Anker, vor dem sich in Frieden liegen läßt. Gute Nacht beisammen und Ihr da, spottet nicht über den Mann, den ein Herzeleid zu beugen scheint, das uns Alle treffen kann. Habe auch Einen draußen liegen, von dem ich gewiß weiß, daß er nicht wieder binnen kommt."

Der Schiffer stieg von der Brücke in den Ever. Die Jollenführer gingen heim, und Claas Tamm wanderte seine einsame Straße, die an Ritzebüttel vorüber auf die Geest und von da hinab in das Moor führte.

―――――

Der neue Tag brach an. Flammend goß die Morgenröthe ihre Strahlen auf die vorüberfließenden Wellen. In der Luft ward es lebendig. Hunderte von Möven und Seeschwalben schwirrten durcheinander und schossen senkrecht hinein in die Fluth. Aus der Tiefe hob sich der Tummler und sprang über die nächste Welle hin. Fisch und Vogel im Kampf. Die

Fluth machte ihre letzte Kraftanstrengung und warf ihre Wellen gegen die Bollwerke der alten Liebe.

Am äußersten Rande stand ein wettergebräunter Lootse. Er hielt ein armlanges Fernrohr in der Hand und schaute unverwandt nach der Richtung der Kugelbaak.

„Siehst Etwas?" fragte Einer in seiner Nähe, der sich mit bloßen Augen vergeblich abmühte, Etwas zu entdecken.

„Sollte meinen, es müßte gleich um die Ecke der Kugelbaak herumkommen," war die Antwort. „Wir werden dann sehen, was für ein Landsmann es ist. Halte es für eine Brigg."

„Ein Collier vermuthlich?" sagte der Andere.

Es verging einige Zeit. Die Sonne stieg höher. Auf der Brücke ward es lebhafter und auch am Fuße des Leuchtthurmes sammelten sich Menschen. Der Blankeneser lag nach der See zu und ein Anderer nahm dessen Stelle ein. Die leichte Schaluppe eines Kauffahrers ruderte von der Rhede nach binnenwärts. Das Proviantboot der Feuerschiffe rüstete zur Abfahrt.

„Hollah Ahoi!" rief der Lootse mit dem Fernrohr und von allen Seiten schallte es zurück:

„Was giebt's? Was giebt's?"

„Die Flagge ist da. Zwei lange rothe Streifen oben und unten und ein gelber in der Mitte."

„Das ist ein Spanier! Einen Spanier haben wir lange nicht hier gehabt!" sagte einer der Jollenführer. „Die Kerle haben stets Piaster und Doublonen."

Der neue Ankömmling beschäftigte Jedermann, weil er in diesem Augenblicke der Einzige war. Plötzlich stieg von seinem Deck eine Rauchwolke auf und ein Schuß hallte dumpf über den Spiegel des Stromes weg.

„Das bedeutet etwas!" rief es von mehreren Seiten, und der Lootse mit dem Fernrohr antwortete, dasselbe vom Auge nehmend:

„Es bedeutet, daß von dem Vortopp der Brigg eine grüne Flagge weht."

„Die grüne Flagge! Ein Zeichen, daß das ansegelnde Schiff von einer Küste kommt, die zu den verdächtigen gehört."

Die grüne Flagge! Diese drei Worte brachten eine außerordentliche Aufregung hervor.

Die Brigg lag vor ihrem Anker. Von der Gaffel wehte die Staatsflagge; vom Vortopp das grüne Quadrat. Das Proviantboot verließ den Hafen und fuhr, einen Bogen machend, im Luf an der verdächtigen Brigg vorüber, damit kein Hauch von deren Deck es berühre.

Auf dem Dache des Quarantainehauses erschien die grüne Flagge. Ganz Cuxhafen und Ritzebüttel wußte es nun, daß ein verdächtiges Schiff in der Nähe lag, und konnte sich vor Schaden hüten.

Die Thüren des Quarantainehauses öffneten sich und die Wächter desselben eilten geschäftig hin und her. Unten am Bollwerk stand der Hafenmeister und rief den Leuten zu, die das große Quarantaineboot zur Abfahrt klarten. Ueberall ward es sichtbar, daß sich etwas Ungewöhnliches vorbereite.

Mehrere Fahrzeuge steuerten aus See heran. Große und kleine Ever kamen aus allen Buchten und Prielen hervor; bunter wurde das Panorama der Elbe mit jeder Minute. Aber die Menge am Strande hatte nur Augen für das spanische Schiff mit der grünen Flagge am Vortopp.

Auf dem Verdeck desselben ward es allmählich ruhig. Die Arbeiten, welche das Ankern eines Schiffes bedingen, waren vorüber. Die Halbmatrosen räumten alles Ueberflüssige beiseite. Es ward klar Deck gemacht. Die Officiere standen vor der Kajütskappe und harrten der Dinge, die da kommen sollten.

„Kann Pedro aufstehen?" fragte der Capitain leise.

„Er macht den Versuch," antwortete der Steuermann. „Aber wenn er auch in Reihe und Glied steht, werden sie auf seinem Gesicht die Spuren des Fiebers lesen und wir kommen von der Küste von Guinea."

„Alles gesund am Bord!" fiel der Capitain ein. „Auch der Pedro ist in der Besserung. Es wäre hart, wenn wir, um eines Mannes willen, die gute Gelegenheit verstreichen lassen müßten. Nutzlos auf einer Rhede zu lungern!"

„Nicht der Pedro allein, Herr," sagte der Steuermann leiser. „Ihr auch . . ."

„Pah! Was Ihr schwatzt! Ich bin gesund! Ich will es sein! Hört Ihr es?"

„Schon gut, Herr. Wünsche, daß Ihr die Wahrheit sagt."

Ein junger Mann, völlig reisefertig, betrat das Verdeck. Er sah sich nach allen Seiten um und sagte in erregtem Ton:

„Sennor Padrone, laßt mich baldmöglichst an's Land bringen."

„Unmöglich, Sennor Godofredo."

„Warum unmöglich? Es ward bei der Passage ausgemacht, daß ich ohne Verzug in Curhafen an das Land gesetzt würde."

„Damals wußte ich nicht, daß Jemand unterweges

erkranken würde. Die Quarantaine-Gesetze sind schwer und ehe die Herren von der Gesundheits-Commission nicht am Bord gewesen sind, darf sich hier nichts von der Stelle rühren."

„Da kommt das Boot!" rief der Steuermann lebhaft. „Alle Mann zu Deck! Sie sollen sich am Lufbord aufstellen."

„Fangleine für das Boot, Sennor?" fragte einer der Matrosen.

„Nichts da, Ihr Einfalt. Sie würden Nichts anrühren, was von diesem Deck kommt und uns obenein Ungelegenheiten für unsere sogenannte Höflichkeit machen!" entgegnete der Steuermann. „Sennor Godofredo! Hierher, wenn es beliebt!"

Der Passagier bequemte sich nur widerwillig, in Reihe und Glied einzutreten. Alle sahen auf das Quarantaineboot, welches im Luf der Brigg beilegte und sich soweit als möglich von derselben fernhielt.

Die ersten Fragen wurden an den Capitain gerichtet. Dieser gab klare und besonnene Antworten. Der Arzt stand aufrecht am Maste des Bootes und sah der vor ihm stehenden Mannschaft fest in das Gesicht:

„Ist das die ganze Besatzung, Herr?"

„Dreizehn Mann, Herr. Diesen Sennor mitgerechnet, der sich als Passagier am Bord befindet. Hier sind die Papiere."

Vom Boot aus ward eine lange Stange auf das Verdeck gereicht, an deren Ende sich eine Gabel befand. Der Capitain steckte die Papiere daran und die Stange ward zurückgezogen.

Ein Mann, mit Wachshandschuhen angethan, ergriff die Papiere und tauchte sie in ein Gefäß mit Essig, dann hielt er sie über ein Kohlenbecken, aus welchem ein starker Dampf emporstieg. Als sie gehörig durchgeräuchert waren, erhielt sie der Vorsitzende der Commission.

Die Herren schlugen die Papiere auseinander und unterwarfen diese einer sorgfältigen Prüfung. Als Alle einig waren, erhob sich der Vorsitzende und sagte:

„Vierzehn Tage außerhalb des Fahrwassers zur Beobachtung. Und hütet Euch, die Quarantaine zu brechen. Wenn Ihr Etwas bedürft, genügt ein langer Wimpel am großen Topp. Ein Boot wird stets in der Nähe sein zu Eurer Bewachung, wie zu Euerm Beistande. Lootse von der Admiralität!"

„Herr Commandeur?" antwortete Dieser, der draußen bei der rothen Tonne an Bord gekommen war, um seine Schuldigkeit zu thun und dadurch in eine unfreiwillige Gefangenschaft gerathen war.

"Lichtet den Anker und legt die Brigg außerhalb des Fahrwassers, so, daß sie von jeder Berührung mit andern Schiffen fern bleibt. Behütet die grüne Flagge und sorgt, daß mit der ersten Dämmerung die Laterne angezündet wird. Ihr seid für jedes Versehen verantwortlich. Volle Segel!"

Der letzte Befehl galt dem Steuermann des Quarantaineboctes. Es verließ den Luf der Brigg und steuerte dem Hafen zu. Der Steuermann der Brigg commandirte die Matrosen an die Ankerspille und bald darauf steuerte dieselbe dem ihr zugewiesenen neuen Ankerplatze zu.

Der Tag verstrich in gewohnter Weise. Deich und Brücke wurden nicht leer von Besuchern. Jeder wollte das Quarantaineschiff sehen. Alle Fernröhre waren auf dasselbe gerichtet, als ob sich dort jeden Augenblick etwas Besonderes ereignen müßte. Es blieb Alles ruhig am Bord.

In jüngern Jahren war er ein anderer Gesell, der Claas Tamm, als jetzt, in dieser Hinfälligkeit. Er hatte ein kleines Gehöft mit ausreichendem Kornlande und zwanzig Bienenkörben, der Hütte im Moor nicht zu gedenken, wo er jetzt hausete. Seine Frau war eine rüstige Arbeiterin und es würde ihnen gut gegangen sein, wäre nicht ein Gegenstand der Zwietracht im Hause gewesen, der eigentlich ein Pfand des doppelten Glückes hätte sein müssen.

Ihr Sohn war es, der blondgelockte, blauäugige Gottfried, ein lustiger, munterer Knabe. Die Mutter verzog ihn aus mißverstandener Zärtlichkeit und war nahe daran, ihn mit ihrer Affenliebe von Grund aus zu verderben. Das ärgerte den Vater und er setzte der verkehrten Liebe eine verkehrte Strenge entgegen. Von der Zeit an stieg der Zwiespalt in dem Hause bis zur Unleiblichkeit. Um seinen Groll hinunter zu spülen, lief Claas Tamm in das Wirthshaus und griff nach dem Branntweinglase. Liederliche Burschen fanden sich zu ihm und bald hatte Claas Tamm keine andere Heimath, als die Schenke im Kruge zu Altenwalde.

Der Gottfried blieb ein Bursche, lustig und guter Dinge. Er war überall oben an und jederzeit bereit, die verwegensten Streiche auszuführen. Er schlug die Großen, wie die Kleinen, und wenn sie ihn greifen wollten, kletterte er zum Entsetzen Aller auf die höchsten Spitzen der Häuser, oder der Bäume, daß man ihm tausend gute Worte geben mußte, um ihn nur wieder auf dem glatten Boden zu haben.

Da begab es sich einstmals, daß eine Truppe, bestehend aus Kameeltreibern, Bärenführern und Seiltänzern, die sich zu einem Sommerzuge durch das platte Land vereinigt hatten, von dem Lande Wursten herauf kam und dicht vor Altenwalde hielt, um auch hier ihre Künste sehen zu lassen. In dem Dorfe gab es ein Rumoren und Hälserecken, denn dergleichen war seit Menschengedenken hier nicht gewesen. Die Alten vornehmlich schüttelten bedenklich mit dem Kopfe; denn es kam ihnen ein stilles Fürchten an, wegen der Hexen und Zauberer, und die Truhen und Spinden wurden sorglich verwahrt. Die Kinder sprangen und jubelten und konnten sich an dem bunten Flitter nicht satt sehen, womit die Springer sich aufputzten. Allen voran war der Gottfried und bald steckte er in dem dichtesten Haufen. Er begnügte sich nicht damit, einen stummen Zuschauer abzugeben; er versuchte nachzuahmen und es fehlte bald nicht viel, daß er es dem kleinen Springervolke gleich, wenn nicht zuvor that. Die Jungen in der Bande betrachteten ihn mit heimlichem Neide; der Führer derselben aber schaute den derben, gesunden Burschen mit prüfenden Augen an und wechselte einen vielsagenden Blick mit der Altmutter der wandernden Horde.

„Komm', Söhnchen, komm'!" sagte der Führer und zog den Knaben an sich, dem er die Haare aus dem Gesicht streichelte. „Du mußt nicht Alles auf einmal lernen wollen. Morgen ist auch ein Tag. Aber weil Du so fleißig gewesen bist, soll Dir auch Dein Lohn werden und Du darfst eine halbe Stunde lang auf dem Kameel reiten."

Er hob ihn auf den Rücken des Thieres, setzte sich zu ihm und während des Rittes wußte er so Vieles zu fragen und der Knabe wußte so Vieles zu erzählen, daß der Führer, als Jener von dem Rücken des Kameels herabglitt, die halbe Chronik des Dorfes auswendig wußte.

Außer sich vor Freuden über seine Erfolge, eilte Gottfried nach Hause und schüttete sein Herz vor der Mutter aus, welche bei jeder neuen Heldenthat um einen Zoll zu wachsen schien und ihn mit den zärtlichsten Worten zum weitern Sprechen aufforderte. Die Sonne des Glückes strahlte im höchsten Zenith, als ein finsteres Gewölk heraufzog. Claas Tamm stand in der Thür und hörte Alles mit an. Er kam aus der Schenke, wo er mit einem seiner Gläubiger hart zusammen gewesen war. Das Gesicht glühte von Zorn und Branntwein. Sein Auge sprühte Feuer; er griff nach dem Jungen und eine schwere Züchtigung wäre erfolgt, wenn nicht die Mutter sich abwehrend dazwischen gestellt und den Alten so lange zurückgehal=

ten hätte, daß der Knabe sich seinem Grimme entziehen konnte.

„Laufe nur!" kreischte er ihm nach. „Ich hole Dich doch ein und dann sollst Du dreifach haben, was ich Dir jetzt schuldig bleiben muß."

„Du wirst machen, daß der Junge auf und davon geht und nicht wieder kommt!" jammerte die Mutter.

„Laß ihn laufen, dann bin ich den Aerger los!" schrie der Vater und that noch ungebührlicher, als zuvor. „Es wird doch nicht eher Frieden in Hause, als bis der Junge zu allen Teufeln gegangen ist."

Zwischen diesen Zänkereien hindurch, die noch eine Weile fortdauerten, hörte man von fern das Schnarren einer Trompete und das Quieken einer geborstenen Flöte, die beiden Hauptinstrumente in dem Orchester der wandernden Horde, welche durch das Dorf und der Elbniederung zuzog.

Die Ergrimmten hörten nicht darauf, allein eine Nachbarin eilte herbei und sagte im vorwurfsvollen Tone zu Beiden:

„Ihr schwört und flucht Euch noch um Seele und Seligkeit. Und während Ihr Euere Ruchlosigkeiten treibt, läuft Euer Taugenichts, der Gottfried, hinter den Luftspringern her und tobt mit ihnen um die Wette."

„Was mein Junge thut, ist wohl gethan," fuhr

Frau Tamm die Nachbarin an. „Was habt Ihr Euch darum zu bekümmern?"

Die beiden Weiber geriethen aneinander. Während dessen war Claas Tamm in die Kammer getreten, wo die Frau den Branntwein-Vorrath aufbewahrte, und that einen herzhaften Zug. So gestärkt, jagte er Beide auseinander und die Nachbarin sagte im Scheiden:

„Solcher Frevel findet seinen Lohn. Was Ihr jetzt unbeachtet von Euch stoßt, darnach werdet Ihr vor Angst und Kummer vergehen und in Eurer letzten Stunde nicht sterben können."

Claas Tamm schritt zum Hause hinaus und rief seinem Weibe zu:

„Daß Du Dich nicht von der Stelle rührst! Ich will der Geschichte ein Ende machen und komme nicht eher wieder, als bis es vorbei ist."

Er zog hinter den Luftspringern her. Sein Schritt war rasch und brall. Aber nur kurze Zeit. Als er die Truppe nicht fand, wurde sein Gang allmählich schwächer und er stand endlich ganz still.

„Ich kann lange in der Irre umherlaufen, wenn ich nicht weiß, welchen Weg sie einschlugen. Der Wirth muß es wissen; der soll es mir sagen."

Der Vorwand zur Einkehr war gefunden. Glücklich saß er wieder in der Schenke hinter dem braunen

Tische und klappte mit dem Deckel seines Bierkruges. Erst auf wiederholte Mahnung brachte der Wirth das volle Glas und sagte dann:

„Ein Wirth soll nicht über seine Gäste sprechen, die ihm das Geld in's Haus bringen; aber Ihr treibt es doch ein wenig zu arg. Es ist Niemand hier und zudem sind wir von früher her gute Bekannte, also darf ich es sagen. Wenn das so fortgeht, kommt Ihr in Schimpf und Schande. Warum lauft Ihr in Euerem Zustande im Dorfe umher und allarmirt alle Mann?"

„Ich suche meinen Jungen, den Gottfried!" fuhr Claas Tamm auf. „Das geht Keinen etwas an und wer sich in meine Häuslichkeit mischt, dem soll der Teufel das Licht halten."

„Vorwitz plagt mich nicht!" sagte der Wirth. „Es war mir nur um der alten Freundschaft willen, daß ich ein Wort fallen ließ."

„Meinen Junge suche ich!" fuhr Claas Tamm nochmals auf. „Und wenn ich ihn gefunden habe…"

Die Worte verloren sich im Barte; allein die Bewegungen der Arme ließen keinen Zweifel, was dem Jungen bevorstand, wenn diese Arme ihn ergriffen.

„Es ist schon gut!" sagte der Wirth. „Da kom=

men Leute, mit denen man besser fertig wird, als mit Euch. Guten Abend beisammen."

Mit den letzten Worten wandte er sich den Neueintretenden zu.

Es dunkelte allgemach und die Mägde brachten einige eiserne Drahtleuchter, deren Talglichter eine ungewisse Dämmerung verbreiteten. Die Stube füllte sich mit stets neuen Gästen und einer derselben trat dem Claas Tamm mit in einander geschlagenen Armen gegenüber, indem er sagte:

"Also zechen könnt Ihr und dem Wirthe die Pfeifen zerbrechen und den theuern Taback verschütten; aber mich bezahlen könnt Ihr nicht. Seht Ihr nicht, wer ich bin? Heiße Jacob Markmann und bekomme von Euch funfzig Stück Kassen=Drittel."

"Schiert mich nicht!" antwortete Claas Tamm. "Will Euch die Lumperei geben . . .!"

Er griff in die Tasche und zog die Hand langsam zurück. Sein Gläubiger, der Jacob Markmann, sah es und sagte höhnisch:

"Das wußte ich vorher. Geschrei macht Ihr genug, aber ein Vierschillingsstück habt Ihr nicht in der Tasche, als nur, um es zu verthun. Merkt es Euch aber; Morgen komme ich mit mehreren Andern, um

Geld zu holen und wenn Ihr es nicht zahlen könnt, wird es gerichtlich beigetrieben."

Claas Tamm spottete hinter seinem Gläubiger her, aber es war ihm bei den Spotte nicht wohl um das Herz. Da fühlte er, daß ihn Jemand an der Jacke zupfte, und als er sich umsah, gewahrte er einen Mann, welcher trotz seiner Vermummung den Seiltänzer nicht verleugnen konnte. Er setzte sich neben ihn in den dunkelsten Winkel, holte eine Flasche, welche er verborgen unter dem Rock trug, hervor, und sagte im Einschenken:

„Laßt Euch das nicht kümmern und trinkt lieber ein Glas mit mir."

„Wer seid Ihr?" fragte Claas Tamm, nahm aber das dargebotene Glas und leerte es in einem Zuge.

„Einer, der in der Welt Etwas erfahren hat und es nicht leiden kann, wenn reputirliche Leute öffentlich beleidigt werden," sagte der Luftspringer. „Ihr sollt das Geld von mir haben und könnt es dem Kerl an den Hals werfen. Das ist nun abgemacht und hier sind fünf Thaler auf Abschlag."

Während dessen hatte der Seiltänger das Glas des Claas Tamm nochmals gefüllt und dieser war kaum noch seiner Sinne mächtig.

„Her mit den harten Thalern!" lallte er.

„Hier sind sie!" entgegnete Jener, mit dem Gelde klappernd. „Aber für Etwas gehört Etwas."

„Versteht sich," sagte Claas Tamm mit schwerer Zunge. „Wollt Ihr einen Schuldschein?"

„Ich meine das nicht," flüsterte ihm der Seiltänzer zu. „Aber hört: Wenn mir etwas zuläuft, was ein Anderer fortgejagt hat, kann ich es behalten, wäre ich der Meinung."

Claas Tamm nahm seine Gedanken zusammen und antwortete:

„Das könnt Ihr. Wenn es Euch zuläuft . . . sage ich . . freilich . . ."

„Gut, daß Ihr meines Sinnes seid. Behalte also den Jungen, der nicht wieder von dem Kameel herunter zu bringen ist. Aber Ihr vergeßt Euer Glas. Der Stoff ist doch gut?"

„Herzstärkend. Greift an die Nieren und drückt auf die Augen. Gebt nur her! Schenke mir selbst ein. Will er nicht herunter, sagt Ihr?"

„Wohl bekomme es. Behalte also, was mir zuläuft. Ist aber gegen mein Gewissen, Etwas zu nehmen, ohne dafür Etwas wieder zu geben und darum gab ich Euch vorhin das Geld, welches in Eurer Tasche klingelt. Will einen tüchtigen Springer aus ihm machen. Gilt es?"

„Es gilt!" sagte Claas Tamm lallend und nahm die Hand des Seiltänzers, welcher dieser alsbald fahren ließ und, indem er sich entfernte, noch sagte:

„Bekommt bei uns einen andern Namen und wenn Ihr nicht oft Nachricht von ihm erhaltet, müßt Ihr Euch nicht so sehr grämen. Es war ein ehrlicher Kauf."

„Ehrlicher Kauf —" murmelte Claas Tamm vor sich hin, unfähig, Weiteres zu sagen. Er sank mit dem Kopfe auf den Tisch.

Es ward spät. Die Gäste gingen nach und nach. Die Lichter waren dem Verlöschen nahe. Nur Claas Tamm hielt auf seinem Posten aus.

„Laßt ihn nur liegen," sagte der Wirth zu den aufräumenden Mägden. „Sonst kann ihm draußen noch ein Leid passiren und das möchte ich nicht auf dem Gewissen haben. Es ist ein Kreuz mit dem Manne."

Der neue Morgen weckte ihn aus seiner Betäubung. Die Mägde, welche schon früh auf dem Platze waren, kicherten und stießen sich unter einander an. Der Wirth befahl ihnen, sich hinaus zu scheeren und sagte dann zu dem halb und halb Vernüchterten:

„Nun packt auf und wenn es möglich ist, geht in Euch. Zu bezahlen habt Ihr Nichts, denn Ihr habt ja mit dem fremden Kerl gezecht."

„Fremder Kerl!" fuhr Claas Tamm auf. „Was für ein Kerl?"

„Weiß ich's? Hat einen Krug Bier gefordert und bezahlt. Weiter geht er mich nichts an. Bin kein Landreiter."

Es dämmerte etwas auf in dem Kopfe des Mannes, der sich in einer Nacht um den Frieden seines ganzen Lebens brachte, und er sah wirr um sich her:

„Ja, es ist so! — Und der Jacob Markmann stand auch hier, dem ich die fünfzig Thaler schuldig bin. — Und der Kerl, welcher mir tüchtig einschenkte, wollte die Summe zahlen . . ."

Er fuhr mit der Hand in die Tasche und zog die Geldstücke heraus, welche er von dem Seiltänzer erhielt:

„Da! Da! Wo kommt das her?"

„Weiß nicht, was es für ein Sündengeld sein mag," sagte der Wirth. „Macht nur, daß Ihr fortkommt. „Euer Weib, sehe ich, läuft die Dorfstraße entlang, wahrscheinlich, um Euch zu suchen, und ich will den Lärmen nicht in meinem Hause haben."

Claas Tamm schlich hinaus. Sein Kopf war von einem dichten Nebel umhüllt. Die Frau stürzte ihm entgegen und rief zitternd vor Angst:

„Wo ist Gottfried?"

Da riß der Nebel, welcher seinen Geist umbüsterte, mit einem Ruck, und das Gespräch des vergangenen Abends tauchte wieder in seinem Gedächtnisse auf:

„Er hat ihn mir abgekauft und ich halte das Sündengeld in der Hand. — Es brennt wie Feuer, Weib! Ich will es ihm wiederbringen."

Die Mutter stand erstarrt vor ihm. Claas Tamm brach in ein krampfhaftes Schluchzen aus und fiel zu Boden.

Nachbarn kamen auf das Geschrei der Mutter herbei. Es dauerte lange, bevor Claas Tamm seine Besinnung wieder erhielt; aber diese blieb mangelhaft und nur in langen Zwischenräumen vermochte er zu sagen, was in der verhängnißvollen Nacht geschah.

Alle Nachforschungen waren vergebens. Ein Jollenführer sagte aus, daß die Springer auf der alten Liebe erschienen wären und sich in zwei bereit liegenden Fahrzeugen, die hierorts nicht bekannt wären, eingeschifft hätten. „Sie haben die Straße ohne Spur eingeschlagen", schloß er. „Wer soll sie dort finden?"

„Ich suche ihn und finde ihn!" rief der Vater in seiner Herzensangst und begann seine Wanderung.

Jahre kamen und gingen. Ein Besitzthum nach dem andern ging verloren. Das Gehöft, der Viehstand und die Bienenstöcke, — nichts blieb ihnen, als die armselige Hütte und der noch armseligere Torfstich im Moor. Sie härmten sich und suchten, wenn die schwere Arbeit des Tages gethan war, in allen Richtungen der Windesrose; aber der Gottfried ward nicht wieder gefunden und Claas Tamm schwankte, von Angst und Verzweiflung gejagt, durch den unter seinen Füßen schwankenden Moorgrund.

———

Die Wellen auf der Rhede von Cuxhafen glitzern auf im Mondlichte. Die spanische Quarantainebrigg wiegt sich auf demselben. Am Topp des Fockmastes steckt die hellbrennende Leuchte. Unfern davon befindet sich ein Boot, in welchem zwei Quarantainewächter einen scharfen Lugaus halten. Die Brigg mit der verdächtigen grünen Flagge, die auch zur Nacht nicht abgenommen wird, ist der Gegenstand ihrer ununterbrochenen Aufmerksamkeit.

Am Bord des Fahrzeuges ist Alles ruhig. Der Matrose, der die Wache hat, sitzt vorn auf der Ankerspille und hält ein harmloses Zwiegespräch mit dem Lootsen, welches darin besteht, daß der Sohn der biscayischen Küste und das eingeborene cuxhafener Kind einige aufgefischte englische Brocken gegen einander austauschen.

Kurz vor Mitternacht erscheint der Steuermann auf dem Deck, um eine Runde zu halten. Als seine Pflicht erfüllt ist, wendet er sich wieder der Kajütskappe zu, aus welcher ihm der Passagier entgegentritt.

„Ah, Sennor Godofredo! Seid Ihr noch nicht zur Koje, oder steht Ihr schon wieder auf?"

„Mich läßt die innere Unruhe nicht schlafen," entgegnete dieser. „Sagt mir, ob es wirklich wahr ist, daß wir vierzehn Tage auf dieser Stelle liegen bleiben müssen?"

„Gewiß und wahrhaftig."

„Und ist keine Hoffnung, auf die eine oder die andere Weise von Bord zu kommen?"

„Keine. Seht Ihr dort das Boot, welches gerade jetzt vom Monde hell beschienen wird? Darin befinden sich die Quarantainewächter, die jedes Haar auf unserm Haupte bewachen."

„Schrecklich!"

„Ich gebe zu, daß es langweilig und verdrießlich sein mag, hier müssig zu liegen. Wir empfinden es Alle. Was aber gerade Euch dabei so entsetzlich scheint, begreife ich nicht. Was kümmert Euch, den Spanier, jene traurige, nordische Landschaft —"

„Weil — setzt Euch hierher, Mann, und hört mir zu. Ich muß Jemand haben, dem ich mein Herz ausschütten kann, sonst zersprengt es mir die Brust. Hört mir zu. Ich will Euch Alles sagen, dann werdet Ihr mich begreifen."

Der Steuermann der Brigg und Sennor Godofredo, der unstäte Passagier, setzten sich neben einander und Letzterer sagte:

„Was scheltet Ihr mich einen unruhigen Gesellen? Es ist meine eigenste Natur. Wißt Ihr nicht, daß die Seiltänzer Quecksilber statt Blut in den Adern haben?"

„Sennor Godofredo, Ihr treibt Euern Scherz mit mir. Ein so angesehener junger Mann..."

„Nein, nein, ich spotte nicht. Von meiner Kindheit weiß ich nur, daß ich sie unter Seiltänzern und Luftspringern hingebracht habe. Auch habe ich einige dunkle Erinnerungen von einer Frau, die mich herzte und küßte, sowie von einem Manne, der stets mit mir schalt und nach mir schlug. Aber das ist Alles wirres, unzusammenhängendes Zeug und ich kann mir kein Bild daraus zusammensetzen. Mir schimmert es aus jenen Tagen wie Eis und Schneegestöber vor den Augen und als ich zum ersten Male den Schnee auf der Sierra Nevada erblickte, glaubte ich einen alten Bekannten zu sehen. Das wäre dem eingeborenen Spanier nicht begegnet."

„Das klingt seltsam", sagte der Steuermann, den

jungen Mann mit einer Mischung von Scheu und Neugier anschauend.

„Es ist auch seltsam," fuhr Godofredo fort. „Mein Leben ging hin, wie das Leben eines Vagabonden zu verstreichen pflegt. ‚Bald hatte ich diesen Herrn, bald einen andern. Da hielt mich eines Tages ein dicker Bajazzo an und sagte, ich sei ihm entlaufen. Er habe ein Recht an mich, behauptete er, denn er habe mich von meinem Vater gekauft, und wolle dies Recht geltend machen. Ich lachte, warf den dicken Kerl zu Boden und lief davon. Das glaube ich! Hätte einen guten Kauf mit mir gemacht, denn ich stand in der Blüthe des Talents und war ein gesuchter Springer."

„Es klingt wie ein Märchen!" murmelte der Steuermann vor sich hin.

Godofredo saß einen Moment in Gedanken versunken da, dann sprach er rasch:

„Ihr sollt nicht allzulange auf den Schluß warten. Ich befand mich in Barcellona. — Gott weiß, wie ich dahin gerathen war. Mein Principal hielt mich gut, denn er hatte durch mich bedeutenden Zulauf. Da geschah es eines Tages, daß ein toller Hund in den offenen Circus drang. Alles gerieth in Aufruhr und ein alter Herr schwebte in der augenscheinlichsten Gefahr, von dem wüthenden Thiere an=

gefallen zu werden. Ich befand mich oben auf dem Seil, eine Leine in der Hand, die ich über den Kopf warf und dann mit den Füßen durch dieselbe sprang. Es war ein halsbrechendes Stück Arbeit, das mir stets rasenden Beifall eintrug. Allein heute nahm das wüthende Thier ausschließlich die Aufmerksamkeit der Menge in Anspruch. Plötzlich fuhr mir ein Gedanke durch den Kopf. Der alte Herr, der von dem Thiere bedroht war, stand mit zitternden Knieen da und konnte nicht von der Stelle. Es war weit von ihm zu mir, aber ich wagte den gewaltigen Sprung. Ein lauter Schrei des Staunens und des Schreckens schlug an mein Ohr. Ich sah mich dem Thiere gegenüber und warf ihm die Leine, worin sich eine Schlinge befand, über den Kopf, dann verlor ich die Besinnung."

"Allerheiligste Jungfrau!" sagte der Steuermann, sich bekreuzigend.

"Sie ist mir gnädig gewesen. Als ich aus meiner Ohnmacht erwachte, sah ich mich von glückwünschenden Menschen umringt. Ich hatte dem tollen Hunde glücklich die Leine über den Kopf geworfen und diese scharf angezogen. Andere hatten dann das Thier vollends getödtet. Man drückte mir die Hände, rühmte meinen Muth und beschenkte mich reichlich. Am meisten bemühte sich der alte Herr um mich, den ich von einem sichern Untergange rettete. Er ließ nicht nach, bis ich ihm das Versprechen gab, ihn am andern Tage in seinem Hause aufzusuchen. Sennor Bernardello war auf das innigste bewegt."

„Das glaube ich!" sagte der Steuermann. „Wer wäre es in solcher Lage nicht gewesen?"

„Ich will kurz sein!" drängte Godofredo. „Sennor Bernardello ließ es nicht bei bloßen Worten bewenden. Er nahm mich von der Horde fort, mit der ich umherzog. Was ich brauchte, erhielt ich von ihm, und als er sah, daß mir darum zu thun war, Etwas zu leenen, hielt er mir Lehrer, die mich unterrichteten. Mein Wohlthäter betrieb ein schwunghaftes Geschäft an der Küste von Afrika. Ich warf mich, um ihm dankbar zu sein, auf dieses Feld und machte reißende Fortschritte. Sennor Bernardello war außer sich vor Freuden. Er liebte mich wie einen Sohn und da er keine Kinder hatte, setzte er mich zum Erben ein. Er vertraute es mir in seiner Sterbestunde und übergab mir die Schenkungsakte. So kam ich, als mein eigener Herr, an die Küste von Gorée. Dort fand ich, seltsam genug, einige Seiltänzer, die versprengten Trümmer einer großen Gesellschaft . . ."

„Ich weiß, Sennor," sagte der Steuermann. „Wir

haben sie auch getroffen. Es war nichts Sonderliches damit . . ."

„Und doch gab diese Truppe meinem Leben eine unerwartete Wendung. Bei dem Anblick dieser Leute wurde mir warm um das Herz. Ein unbestimmtes Etwas zog mich in ihre Nähe. Ich fand sie in Verzweiflung. Ihr Führer hatte einen ungeschickten Fall gethan und das Bein gebrochen. Auf den ersten Blick erkannte ich ihn. Es war der dicke Bajazzo, der mich einst anhielt und mich für sein Eigenthum erklärte, weil er mich von meinem Vater gekauft habe. Ich bestürmte ihn mit Fragen und versprach ihm goldene Berge, wenn er mir die Wahrheit sage, denn bei dem Anblick dieses Mannes ward meine ganze Vergangenheit in mir lebendig und die seltsamsten Bilder zogen im steten Wechsel an mir vorüber. Der alte Sünder beichtete. Sein gutes Gedächtniß hatte jede Einzelheit wohl aufbewahrt und er bekräftigte mit einem heiligen Eide seine Aussage. Er nannte mir meinen Namen und das Dorf, in welchem ich geboren bin. Dort liegt es vor uns. Dort hinter jenen grünen Wällen stand meine Wiege. Als ich Alles wußte, hatte ich keinen Sinn mehr für etwas Anderes, als wie ich schnell zu meiner nordischen Heimath käme. Glücklicherweise fand ich Euer Schiff. Wir durchfuhren mit Windeseile die See, und nun wir hier liegen, das verheißene Land vor Augen, soll ich vierzehn lange Tage warten. Das ertrage ich nicht."

„Es mag wohl hart sein, Sennor," sprach der Steuermann. „Allein Ihr müßt Euch darein ergeben, denn wir kommen von einer verdächtigen Küste und die Quarantainegesetze sind strenge."

Ein Schiffsjunge kam und meldete, daß der Capitain sich unwohl fühle und den Steuermann zu sprechen wünsche. Dieser erhob sich rasch und sagte, ehe er in die Kajüte hinabstieg:

„Hoffentlich ist diese Krankheit nicht von Bedeutung, sonst könnte sie für unsere Lage sehr nachtheilig wirken und unsere Beobachtungs-Quarantaine mehr als verdoppeln."

„Das wäre schrecklich!" rief Godofredo, von der Bank aufspringend, und ging mit raschen Schritten das Verdeck auf und ab. Endlich blieb er stehen und sah nach dem Lande hinüber:

„Es ist ein weiter Raum und der Strom geht stark. In diesem Augenblicke fließt er nach der See zu und es wäre ein Tollmannswerk, wenn ich mich der brausenden Ebbe entgegen würfe. Aber wenn die Fluth kommt, welche bald eintreten muß, darf ich es wagen. Sie triebe mich nach binnenwärts und ich käme doch irgendwo an das Ufer. Meine Arme sind stark und Alle, die mich kennen, halten mich für einen tüchtigen Schwimmer. Vierzehn lange Tage! Ich komme um zwischen diesen Brettern. Und doch ... Es ist ein mächtiges Wagestück und das Leben hängt an einen seidenen Faden."

Nach einiger Zeit kam der Steuermann zurück und sagte im Vorübergehen zu Godofredo:

„In diesem Augenblicke sieht es mit dem Capitain sehr bedenklich aus. Ich habe ihm aus dem Medicin= kasten eine kräftige Mixtur gegeben und hoffe, daß diese ihn herstellt. Sollten wir das Unglück haben ...."

Godofredo schrie laut auf.

„Faßt Euch, Sennor. Ich gehe, den Bootsmann zu wecken, und kehre dann in die Kajüte zurück. Wir wollen noch nicht verzweifeln."

Der Steuermann sprang in das Zwischendeck hin= ab. Godofredo sah sich um:

„In diesem Augenblicke bin ich allein. Wenn erst der Bootsmann kommt .... ich wage es! Hier ein langsamer Tod, dort ein schnellerer; oder auch siegreich in dem Kampfe mit den Elementen. Dort liegt das Boot, welches uns beobachtet. Pah! die Wolke, die gerade den Mond verdeckt, ist mir günstig. Ich wage es ..."

Mit einem Sprunge enterte Godofredo das Bugspriet und verschwand im Galion.

Gleich darauf kam der Steuermann mit dem Deckoffizier zurück.

„Nehmt die Deckwache wahr an meiner Statt und laßt die Matrosen ihre Ruhe haben; sie sind sehr erschöpft. Ich bleibe wach bei dem Capitain. Unser Passagier hat sich, wie ich merke, auch unter Deck verloren. Ist ein unruhiger Geist und machte uns manchen Molest während der Reise. Nun, gute Wacht!"

Die beiden Männer in dem Quarantaineboote hatten Mühe, sich auf dem Strome zu halten. Sie warfen ein starkes Tau um eine der schwimmenden Bojen und hielten sich so dem Schiffe gegenüber, das sie nicht aus den Augen ließen.

„Daß auch just die Wolke über den Mond weggeht!" brummte der Eine.

„Der Mond lag in ihrem Cours, Maat, und ihr fehlt das Steuer. Sie muß gehen, wie der Wind sie treibt."

„Das weiß ich ohne Dich. Aber mir benimmt es die Aussicht. Und ich sah kurz vorher . . ."

„Was sahst Du?"

„Einen Kerl, der aus dem Bugspriet herauszuwachsen schien und dann plötzlich wieder verschwand."

„Habe Nichts gesehen."

„Weil Du wieder die Augen voll Schlaf hattest. Das Bugspriet war leer, aber unten am Wasserstage krabbelte Etwas, und ich komme nicht von dem Gedanken los, daß Einer mit Willen über Bord sprang."

„Du bist nicht klug! Bei diesem Stromgange! Was hätte er davon?"

„Weiß nicht und schiert mich auch nicht; allein ich bleibe bei meiner Meinung. Sieh' dort hin. Ist es nicht, als ob ein menschlicher Körper auftauchte?"

„Narr, das war ein Tummler."

„Die Tummler springen nicht zur Nacht. Sie warten den Morgen ab. Wirf die Fangleine los!"

„Muß es thun, weil Du mich sonst verklagen kannst; aber es ist Thorheit, sage ich Dir."

„Das Boot kam in's Treiben und die beiden Schiffer setzten die Ruder ein.

„Wenn ich es wieder sehe, schieße ich darnach!" sagte der Erste nach einer Pause und schielte nach dem Gewehr, das neben ihm auf der Ducht lag. „Frischweg, im langen Zuge!"

„Geht es so fort, können wir von Glück sagen, wenn wir bei der Altenbrucher Schleuse an's Land kommen. Der Teufel hole Deinen Querkopf! Was haben wir nun davon? Und die Brigg, die wir beaufsichtigen sollen, ist uns fast aus Sicht gekommen."

„Beide arbeiteten sich ab, bis die Fluth nachließ. Als der Strom kenterte, trieben sie wieder abwärts und mit dem anbrechenden Tage fanden sie sich unweit der alten Liebe.

„Was nun?" fragte der zweite Bootführer. „Wenn sie uns sehen, lachen sie uns aus und der Commandeur nimmt uns wohl gar in Strafe."

„Mag er!" entgegnete der Andere. „Ich habe meine Schuldigkeit gethan. Bleibe Du jetzt bei dem Boote; ich gehe und mache meine Meldung."

Die Hütte des Claas Tamm stand in dem Moorgrunde von Altenwalde. Ein armseliges Ding, das Wind und Wetter keinen Widerstand leistete. Mitten auf der Diele, die zugleich als Wohngemach diente, glimmte ein schwaches Torffeuer. Ein Schornstein war nicht vorhanden, und der Rauch zog durch die vielen Risse und Spalten in's Freie.

Auf einem Schemel am Feuer hockte Frau Trina, das Spinnrad neben sich. Sie sah bleich und elend aus. Das Moorfieber hatte sie schon längere Zeit geschüttelt und wollte sie nicht wieder lassen. Ihre

Arme hingen schlaff herab und ihre Augen standen voll Thränen.

Vor ihr saß ein junges Mädchen. Aus den lichtblauen Augen strahlten Sanftmuth und Milde. Sie hieß Liesbeth und war das Pflegekind des Dorfes. Die Jungfrau war die einzige Tochter des verstorbenen Pastors Weiland. Der Vater hatte zum Segen der Gemeinde länger als dreißig Jahre gewirkt und zum Dank dafür nahm die Gemeinde sich der Verwaiseten an. Sie wohnte auf dem Pastorenhofe und galt als Mitglied der Familie des jetzigen Pastors. Liesbeth war eine treue Helferin aller Nothleidenden und Elenden. Wo der Jammer wohnte und das Herzeleid, war sie zu finden und pochten Krankheit oder gar der Tod an eine Thüre, trat sie als der Barmherzigkeitsengel durch dieselbe ein.

Sie war auch hier erschienen bei der kranken Frau Trina, hatte ihr eine stärkende Suppe und ein weißes Brod gebracht und manches herzige Wort mit ihr gesprochen. Jetzt reichte sie ihr zum Abschiede die Hand und sagte:

„Habt guten Muth. Die Gesundheit kommt wieder."

„Wenn sie kommt, danke ich es Dir, Du Engel der Barmherzigkeit!" entgegnete Frau Trina.

„Ihr müßt das nicht sagen," bat Liesbeth. „Gott

der Herr schickt uns Freude und Leid. Wir armen Menschenkinder sind nur die Werkzeuge in Seiner mächtigen Hand."

„Ich halte ihm stille, mehr vermag ich nicht," sagte Frau Trina. „All' mein Jammern und Klagen ist vergebens gewesen; meine Bitten werden nicht erhört. Ich bin verstoßen."

„Euch fehlt der Glaube," entgegnete Liesbeth mit mildem Ernst. „Wer den rechten Glauben in der Brust trägt, dem kommt auch die Erfüllung."

„Nein, nein!" rief Frau Trina mit Heftigkeit. „Mir wird keine Barmherzigkeit zu Theil, denn ich habe selbst keine geübt."

„Was meint Ihr damit?" fragte Liesbeth und setzte sich wieder zu ihr. „Habt Vertrauen zu mir und schließt Euer Herz ganz auf."

„Zur Sommerzeit war es und kurz vor der Ernte", antwortete Frau Trina. „Es ist schon lange her, aber es steht so deutlich vor mir, als sei es vor einer Stunde geschehen. Die große Thür stand weit auf und ich hatte vor derselben zu schaffen. Ging mir nicht von der Hand, denn ich hatte mich kurz vorher mit meinem Alten gezankt, der mehr in der Schenke, als bei der Arbeit saß, und ich war noch in der vollen Aufregung. Da hörte ich plötzlich eine Stimme in meiner Nähe, die gar jämmerlich klagte, und als ich mich umsah, gewahrte ich eine alte Frau, die sich kaum aufrecht hielt. Sie trug ein abgemagertes Kind auf den Armen, das vor Schmerz und Hunger wimmerte. Die Alte bat flehentlich um einen Bissen Brod und einen Tropfen Milch; sie müsse sonst mit dem armen Würmchen, das ihr Enkel sei, am Wege umkommen. Sah aus wie eine, die weit herkommt, wie eine Zigeunerin, oder so etwas dergleichen. Ihre Kleidung bestand aus Fetzen und ihre nackten Füße bluteten. Es war wirklich ein Anblick zum Erbarmen, aber ich empfand keins. Zornig, wie ich war, überschüttete ich die Alte mit Schimpfworten und drohte, den Hund von der Kette zu lösen, wenn sie nicht mache, daß sie weiter komme. Da schlich sie von dannen. Aber als sie jenseits des Hofthors war, hob sie dräuend ihre Hand gegen mich auf und kreischte: „Sei verflucht dafür in alle Ewigkeit! Du sollst auch irren und wandern und kein Arm soll sich helfend nach Dir ausstrecken. Und wenn es geschieht, soll der Tropfen Balsam, den man Dir reicht, zu Gift werden, denn Du wirst Dein Bestes verlieren und nicht wiederfinden."

Liesbeth schauderte bei diesen Worten. Sie wollte reden, allein sie vermochte es nicht, sondern hörte mit Beben, wie Frau Trina fortfuhr:

„Der Fluch ging in Erfüllung. Wir waren schon in unserer Wirthschaft zurückgekommen, allein wir hielten uns noch immer aufrecht. Von diesem Tage an wichen Glück und Stern. Das Erste war, daß wir kurz vor der Ernte durch einen Hagelschlag Alles einbüßten. Kein Halm blieb stehen. Dann kam das Unheil über unsere Bienen. Sie starben hin und es wollte sich keine junge Zucht wieder einfinden. So ging es Schlag auf Schlag. Wir mußten von unserm Hof herunter und flüchteten hierher in das Elend. Das war der Fluch des braunen Weibes."

„Euere Zaghaftigkeit war es und weil Ihr das Vertrauen zu Euch selbst verloren hattet!" sagte Liesbeth.

„Hätte es überbracht, Kind!" sagte Trina nach einer Pause," wenn ich nur meinen Gottfried behalten hätte. Und selbst, wenn er starb, und sie legten ihn in das kühle Grab, so hätte ich doch dahin gehen und mich ausweinen können. Wäre er auch nicht mehr um mich, wüßte ich doch, wo er ruhte. Aber weg, aus dieser Welt verschwunden, ohne Zahl und Zeichen, vielleicht gestohlen von dem Weibe, nach der ich schlagen wollte; vielleicht auf noch ärgere Weise in die weite Welt geschleppt, wo er — Kind, wenn ich daran denke, und es geschieht täglich und stündlich, treibt es mich selbst unstät umher und das Herz will mir springen vor Angst und Noth. Das ist der Fluch, der mich jagt! Das ist der Fluch!"

Liesbeth ergriff die Hände der zitternden Alten und sah in das Gesicht derselben:

„Lästert nicht, Frau. Hört mich an. Ich will Euch einen Spruch sagen, den ich im Gedächtniß trage und an den ich glaube, wie an das ewige Leben. Prägt ihn Euch ein für Freude und Leid. Mein Vater hat ihn mir hinterlassen und ich habe mich oft daran gelegt."

„Sprich, Kind!" bat Frau Trina und sah verlangend zu dem tröstenden jungen Mädchen auf. Diese aber sprach:

„Des Menschen Sünde ist allein sein Fluch;
Drum kennt ihn nur der Mensch, Gott kennt ihn nicht.
Wem sein Bewußtsein tiefe Wunden schlug,
Der meint, der Herr geh' mit ihm in's Gericht.
Gott aber ist die Liebe und Geduld,
Er spendet Jedem Sonnenschein und Regen;
Sei Du nur rein und frei von aller Schuld,
Ersteht aus Menschenfluch Dir Gottes Segen."

„Ersteht aus Menschenfluch Dir Gottes Segen!" sprach Frau Trina ihr nach. „Ach, wer sich frei fühlte von aller Schuld."

„Euch wird die Erkenntniß kommen!" sagte Liesbeth, ihr zum Abschiede die Hand schüttelnd. „Ich muß nun fort. Morgen bin ich wieder da und bringe Euch die Tropfen, die Euch stets so wohl thaten. Verzaget nicht, Frau Trina. Die Hülfe ist da, wenn die Noth am größten ist."

"Frau Trina blieb allein. Die Minuten schlichen bleischwer vorüber. Halb wachend, halb träumend stocherte sie in dem Feuer umher, bald den Namen ihres Sohnes, bald ein vereinzeltes Wort des Spruches, den die Jungfrau ihr vorsagte, auf den Lippen.

Da knarrte die Thür und Claas Tamm trat ein. Er schob den hölzernen Riegel vor und sagte dann, zu seinem Weibe tretend:

"Ich habe ihn nicht gefunden."

"Und wirst ihn nie finden," gab sie zur Antwort und fuhr dann fort, in ihrer unzusammenhängenden Weise zu sprechen.

Draußen klagte und stöhnte es. Wenn in nebelfeuchten Nächten in dem Moor das Irrlicht auf dem Sumpfe zu tanzen beginnt, wenn der Uhu darüber hinweg schwebt und die Unke im Haidekraut krächzt: dann klagt und stöhnt das ganze Moor, dessen Boden unsicher hin und her schwankt. Wehe dem Wanderer, der sich hierher verirrt, der den gespenstischen Lichtern folgt und nach den Nebelstreifen die Arme ausstreckt, die ihn anschauen, wie abgestorbene Weiden an der Landstraße.

„Schier Dich in's Bette!" sagte Claas Tamm. Du hast es nöthig. Es wird vielleicht hartes Wetter geben und das verschläft man am besten."

„Ich kann nicht schlafen, Mann. Mir liegt es schwer auf dem Herzen. Und der Gottfried . . ."

„Was ist es mit ihm?" fragte er hastig.

„Weiß nicht, Vater. — Aber die Liesbeth sagt, wir sollen vertrauen. Ich will es auch, damit die Sünde von uns genommen und der Segen in diesem Hause offenbar werde. Hilf mir Claas. Meine Füße tragen mich nicht mehr. Wie soll ich stark sein?"

Da schlug es gegen die Thür, daß die beiden Alten hell aufschrieen und sich aneinander festhielten.

„Hollah! Hollah!" rief eine Stimme.

Claas Tamm ermannte sich zuerst und fragte:

„Wer ist draußen?"

„Ein Verirrter. Macht auf! Macht auf!"

Der Alte war unschlüssig. Er murmelte Etwas von Dieben und Raubgesindel. Frau Trina sagte im bittern Unmuthe:

„Wollte den Dieb auslachen, der hierher käme, und Etwas zu finden dächte. Aber da pocht es schon wieder."

„Macht auf, um Gotteswillen!" rief es draußen in steigender Angst.

„Er bittet um Gotteswillen!" sagte Frau Trina. „Da wollen wir es doch thun. Eile Dich, Mann. Du siehst ja, ich kann nicht fort."

Zögernd schob Claas Tamm den hölzernen Riegel weg. Ein Mensch schwankte an ihm vorüber und fiel in der Nähe des Feuers nieder:

„Ich kann nicht mehr."

„Wer seid Ihr?" fragte Claas Tamm kurz und barsch. „He, hollah! Antwortet!"

„Morgen!" sagte der Fremde athemlos. „Laßt mich ausruhen."

„Ei was!" polterte der Alte. „Hier ist keine Herberge für hergelaufenes Volk."

„Habt Erbarmen!" stöhnte der Fremde.

„Damit sich der Fluch in Segen verwandele!" sprach halblaut Frau Trina.

„Wer hat mit uns Erbarmen?" fuhr der Alte unwirsch dazwischen. „Halte kein Wirthshaus."

Der Fremde wollte sich erheben, fiel aber wieder zurück. Seine Kleider trieften. Die Haare hingen wirr um den Kopf; das Gesicht war verstört. Er suchte in den Taschen und brachte eine Börse zum Vorschein. Als er sie öffnete, flimmerte es wie

Sonnenlicht. Er nahm ein Goldstück heraus und hielt es dem Alten hin:

„Auch nicht für dies?"

Claas Tamm griff darnach mit gieriger Hast. Er ballte die Hand, die es hielt, fest zusammen und sprach:

„Weil Ihr es seid, Mann. Mutter, ich trage ihn drinnen auf unser Bett. Wir behelfen uns hier am Feuer. Auf da und die nassen Kleider vom Leibe."

„Gott lohne es!" flüsterte der Fremde und schwankte, von Claas Tamm gestützt, in die einzige Kammer. Nach einer Weile kam der Alte wieder heraus und sagte:

„Er liegt fest, wie ein Block. Muß weit herkommen, denn er ist arg zugerichtet. Wollte ihn noch Etwas fragen, aber er antwortete nicht. Das da aber soll uns zu Gute kommen."

Er zeigte ihr das Goldstück.

„Sollst es um der Barmherzigkeit willen thun," sprach Frau Trina. „Nicht wegen des Lohnes."

Seitdem das Goldstück in der Hand des Claas Tamm brannte, war ein anderer Geist in ihn gefahren. Er fühlte das Blut in seinen Adern glühen und fuhr seine Frau an:

„Wischi waschi! Wäre mir etwas mit der Barm=

herzigkeit. Mit so einem Dinge kann ich mir gute Tage machen. Und wenn ich . . ."

Als er stockte, sah die Frau zu ihm auf. Ein böses Ahnen flog ihr durch den Kopf und sie fragte mit gehobener Stimme:

„Und wenn . . . was willst Du damit sagen?"

„Ich meine nur", entgegnete er zögernd. „Ist ein fremdländisches Goldstück und mehr werth, als bei uns eine Pistole. Wenn wir seine Brüder hätten!"

„Seine Brüder?"

„Der da drinnen hat sie. Eine ganze Tasche voll! Mehr als nöthig ist, um unsere Hofstelle wieder zu kaufen."

„Es ist sein Geld, Mann."

„Jetzt noch. Aber er könnte doch — zum Dank dafür, daß wir ihn aufgenommen haben — es uns leihen."

„Der fremde Mann?"

„Und wenn er es uns nicht leihen wollte!" fuhr Claas Tamm nach einer Pause fort und seine Augen leuchteten, „dann könnte man . . ."

„Vater!" rief Frau Trina erschreckt. „Das sprichst Du nicht selbst. Das ist der Versucher, der an Dich herantritt und Dich zum Diebe machen will."

„Was sagst Du, Trina? Was unterstehst Du

Dich, von mir zu denken?" entgegnete er, und seine Stimme zitterte.

„Und wenn Du Deine Hand nach seinem Gelde ausstrecktest und er setzte sich zur Wehre, dann käme der Versucher nochmals und sagte: Schlage ihn todt, sonst verräth er Dich und die Diebe kommen an den Galgen."

„Laß los, Weib! Laß los!" stöhnte er.

„Nein!" entgegnete sie fest. „Das ist der Geist, von welchem die Liesbeth sprach, der jetzt über mich kommt. Ich bin Dein Weib und soll zu Dir stehen in Noth und Tod. Ja, ich will glauben! Glauben an Gottes Barmherzigkeit und an Frieden und Versöhnung."

Sie ergriff seine Hand und hielt sie krampfhaft fest:

„Herr Gott, sei uns gnädig und barmherzig und behalte dem alten Manne seine bösen Gedanken nicht. Vater, Du hast mir vielen Gram bereitet und dieses Herz gequält, mehr als ich sagen kann. Du hast mir mein Kind genommen, das in der Welt gestorben und verdorben ist. Aber ich will Alles vergessen und vergeben, wenn Du Deine bösen Gedanken fahren läßt."

„Laß los, Frau! Laß los! oder es kommt über Dich!"

„Mag es kommen! Du kannst mich mißhandeln und tödten, aber ich halte Dich fest, wenn Du nicht den Gedanken fahren läßt, welchen der Teufel in Dir wach gerufen hat. Wirf das Goldstück weg. Es ist Blutgeld, wie das, was Du für unsern Gottfried bekommen hast."

„Unser Gottfried!" sagte zitternd der Alte. „Er ist nicht wiedergekommen."

Ein krampfhaftes Schluchzen erstickte seine Stimme. Frau Trina bemerkte die Wandelung, welche in ihm vorging, und sprach:

„Sprich mir nach, Vater. Vergieb uns unsere Schuld, wie wir vergeben unsern Schuldigern."

Er that es mit bebenden Lippen.

„Und führe uns nicht in Versuchung!" sagte Frau Trina inbrünstig, und als klinge es im Echo wieder, sprach er ihr nach: ... „nicht in Versuchung."

„Sondern erlöse uns von dem Uebel; denn Dein ist das Reich und die Kraft und die Herrlichkeit, in Ewigkeit, Amen!"

„Amen!" wiederholte Claas Tamm. „Mit diesem Worte fällt eine schwere Last von meiner Brust. Mir ist wunderlich zu Sinn, Frau. Laß mich niedersitzen."

„Hier setze Dich her, Vater. Ich schüre das Feuer an und will bei Dir bleiben. Gott schütze uns, wie es draußen über die Haide wegfegt! Das ist der Sturm! Schließe die Augen, Vater, und versuche zu schlafen. Du kannst es, denn Du hast keine bösen Gedanken mehr. Gute Nacht und Amen!"

Und auf Beide senkte sich der erbarmende Schlaf herab.

Der neue Morgen brach an. Auf der alten Liebe, wie am Fuße des Leuchtthurmes entstand eine unruhige Bewegung. Das Boot, welches die Aufsicht über das Quarantaineschiff hatte, landete und die Männer sagten aus, was ihnen begegnet war.

Wie im Fluge verbreitete sich die Kunde von Mund zu Mund: „Von dem Deck des Quarantaineschiffes ist Jemand in's Wasser gesprungen und die stationir= ten Wächter waren nicht im Stande, ihn aufzufinden."

Ein Fischer, der sich in der Nähe des Leuchtthur= mes befand, wollte bemerkt haben, daß eine menschliche Gestalt aus dem Wasser auftauchte. Sie sei den Deich hinaufgeklommen, habe auf seinen Zuruf nicht geachtet, sondern sich in der Richtung nach dem Flecken in der Dunkelheit verloren. Der Nachtwächter in Ritzebüttel sagte aus, es sei in der Finsterniß Jemand so dicht an ihm vorbeigelaufen, daß er beinahe über den Hau=

fen gerannt wurde. Da der Flüchtling auf seinen Zuruf nicht achtete, habe er seinen Stock nach ihm geworfen, aber ihn nicht getroffen. Derselbe habe, so viel er bemerkt, die große Straße nach Altenwalde eingeschlagen.

Die verschiedenen Gerüchte wurden zusammengestellt und daraus ein Ganzes geformt. Ist jener Mensch, welcher aus dem Strome auftauchte und sich dann nach binnenwärts verlor, Einer von der Besatzung der spanischen Brigg oder nicht? Die Quarantaine-Commission ward berufen, dies zu ermitteln.

Versehen mit allen Vorsichtsmaßregeln, steuerte das Fahrzeug auf die Rhede hinaus und legte sich in den Luf der Brigg. Neugierig schauten die Gefangenen auf dem freien Strom diesem Beginnen zu und vernahmen den Ruf:

„Deck ahoi!"

In diesem Augenblicke erschien der Capitain auf dem Deck, gestützt auf seinen Steuermann. Er trat auf die Galerie und zog zum Gruße den Hut.

„Alles wohl am Bord?" rief es aus dem Boote.

„Alles wohl!" entgegnete der Capitain, den Schmerz gewaltsam unterdrückend.

„Mannschaft noch vollzählig?" fragte es weiter

in dem Boote, und als die Antwort einen Augenblick warten ließ, ertönte der Befehl von unten herauf:

„Alle Mann auf den Fallreep!"

Diese Worte brachten die Mannschaft in eine nicht gewöhnliche Aufregung. Während die Leute sich rüsteten, dem Befehle nachzukommen, rief es aus dem Boote:

„Ist während der Nacht Jemand vom Schiffe desertirt? Die Wächter haben Verdacht."

Der Capitain verneinte es, aber dem Steuermann fiel die Unterredung mit seinem Passagier bei und unwillkührlich rief er:

„Godofredo! Wo ist Sennor Godofredo?"

„Achtung, Capitain! Sind Alle an ihrem Platze?"

„Alle, Herr. Keiner mehr unter Deck."

„Dann fehlt Einer. Gestern zählten wir dreizehn und heute sind es nur zwölf. Seht Euch vor, Herr, daß Ihr Euch nicht in's Unglück bringt."

Der Capitain betheuerte, daß er von Nichts wisse und unschuldig sei. Es ward sofort eine genaue Untersuchung angestellt. Von der Besatzung der Brigg fehlte Keiner, aber der Passagier derselben, Sennor Godofredo, war nirgends zu finden.

Der Commandeur des Quarantainebootes gab seine gemessenen Ordres und kehrte alsbald an das Land zurück. Alles nur Denkbare ward in Bewegung gesetzt, um den Flüchtling zu ermitteln und die Folgen, welche durch seine Flucht entstehen könnten, möglichst unschädlich zu machen. Die Aussage des Fischers und des Nachtwächters lenkte die Aufmerksamkeit auf die Höhen der Geest.

Abwärts von derselben, in der Hütte im Moorgrunde, wurde es Tag. Claas Tamm und seine Frau erhoben sich. Das Feuer war längst erloschen und ein leises Frösteln rieselte über ihren Rücken herab. Der Alte schüttelte sich, und nach der Kammerthüre blickend, sprach er:

„Drinnen ist noch Alles still."

„Das arme Blut!" sagte Frau Trina. „Er war ganz herunter und mag den Schlaf nöthig haben. Könnte ich ihm nur einen Tropfen Warmes bieten; aber es ist Nichts im Hause."

„Für dieses da," sagte Claas Tamm und zeigte auf das Goldstück, gäbe es bei dem Krämer im Dorfe, oder in der Schenke genug. Ob ich hinaufsteige?"

Er öffnete die Thür. Der helle Tag fiel in die Hütte, deren Eigner heraustrat:

„He! He! Da ist der Schäfer! Ihr seid früh bei Wege mit Euern Schafen. Was giebt es Neues?"

„Was soll es geben! Haben vielleicht die Pest im Lande und ich möchte ihr gern aus dem Wege gehen."

„Was sagt Ihr? Die Pest?"

„Freilich. Wißt Ihr es denn nicht? Bei Cuxhafen liegt ein fremdes Schiff, welches die Pest am Bord hat. In der letzten Nacht ist ein Kerl von demselben desertirt und an das Land geschwommen."

„Jesus!" rief Claas Tamm und der Schäfer sagte im Weitertreiben:

„Ihr erschreckt Euch? Ja, es ist auch darnach, sich zu erschrecken. Ein Kerl, der die Pest hat, läuft hier unter uns herum und vergiftet Land und Leute. Müßte niedergeschossen werden, wie man einen tollen Hund niederschießt. Nun Adjes und seht Euch vor, daß Ihr nicht mit ihm zusammenrennt."

Der Schäfer zog weiter. Claas Tamm wußte sich nicht auf den Beinen zu halten und erschrak, als seine Frau mit den Worten zu ihm trat:

„Vater, ich habe in die Kammer hinein gesehen. Der junge Kerl liegt im vollen Fieber. Was fangen wir an?"

„Ich habe das Unglück in mein Haus genommen!" rief der Alte. „Es wird mich verderben."

Da erschien Liesbeth, wie sie es der Frau Trina verheißen. Sie grüßte Beide und sagte:

„Was ist mir denn das? Ihr steht hier draußen

und die Thür ist weit aufgesperrt? Geht Ihr so mit Euerer kranken Frau um, Claas Tamm?"

"Es ist nicht meine Schuld!" entgegnete dieser zögernd. "Sie hat es gewollt und ich habe nachgegeben. Nun liegt Einer drinnen, der hat das Fieber und ist wohl gar . . ."

"Was meint Ihr? Ich verstehe Euch nicht," sagte Liesbeth. "Ihr wendet Euch ab? Sprecht Ihr, Frau Trina. Was ist geschehen und warum steht Ihr hier im Morgennebel?"

Frau Trina bekannte, was zur Nacht geschah und wie sie den jungen Mann fand. Liesbeth hörte sie an und sagte unwillig:

"Er suchte Schutz bei Euch und Ihr verlaßt ihn in der Noth? Ist das der Glaube, der in Euch lebendig geworden ist? Geht in Euch, Frau, und laßt Euern Gast nicht in Noth und Elend umkommen."

Frau Trina stand unschlüssig da. Sie blickte bald auf die Jungfrau, die zürnend auf sie niedersah, bald auf ihren Mann, der sie beim Arm ergriff und festhielt.

"Sie soll nicht. Drinnen hauset die Pest!" rief Claas Tamm. "Wer wird so toll sein und sich in den Höllenrachen stürzen, wenn er weiß, daß er darin umkommt?"

"Ich!" sagte Liesbeth. "Und der mir den Muth

giebt, meine Christenpflicht zu üben, wird mir auch die Kraft verleihen, sie zu erfüllen."

„Habt Ihr nicht gehört, was zur Nacht geschah?" fragte Frau Trina. „Und kann nicht jener junge Mensch derselbe sein, der die Krankheit in das Land trug."

„Mag es!" sagte Liebeth. „Darum trieb es mich also mit dem ersten Tagesschimmer hierher. Daran erkenne ich, daß ich berufen bin, als demüthige Magd, das Gebot des Herrn zu erfüllen. Sein Wille geschehe."

Und sie trat in die Hütte, wo der junge Flüchtling besinnungslos im Fieber lag.

„Vater!" sagte die Frau nach einer Pause. „Laß uns ihr nachgehen. Wir können sie in der Noth nicht allein lassen."

„Daß ich bei Sinnen wäre!" entgegnete Claas Tamm abwehrend. Er führte ein nacktes, erbärmliches Leben, aber er wollte es doch nicht daran wagen.

„Wenn ihr ein Unglück bei uns zustößt."

„Sie hat es so haben wollen!" sprach mürrisch der Alte.

„Das ganze Dorf wird uns aufsässig. Sie schauen auf dem Pastorenhofe die Liesbeth wie ein Heiligenbild an", sagte Frau Trina. „Ich verwinde es im Leben nicht.

„Sie ist von selbst hineingegangen," brummte er vor sich hin. „Wir sind nicht schuld."

„Wohl sind wir schuld. Hätten es nicht leiden müssen. Und wenn ich mir denke, wie der arme Junge aussah, als er ausgestreckt da lag und wirres Zeug durcheinander sprach. Es ging mir durch Mark und Bein. Mich reut es, daß ich ihn verlassen habe und ich will es wieder gut machen."

Von dem Sandhügel herab schlängelte sich der Weg von dem Dorfe Altenwalde nach dem Moorgrunde. Dieser bedeckte sich mit Menschen. Es waren die Wächter der Quarantaine, die nach dem Flüchtling suchten. Neugierige zogen hintendrein. Die meisten derselben gehörten zu der Gemeinde von Altenwalde.

Bei diesem Anblick schwiegen die beiden Hüttenbewohner und blickten die Kommenden mit scheuer Neugier an. Der Führer schritt gerade auf die Alten zu und rief:

„Habt Ihr einen Flüchtling bemerkt? Hollah, Mann! Gebt Antwort."

„Ich weiß nicht!" stotterte Claas Tamm.

„Sage nicht wissentlich eine Lüge, Mann," sprach warnend Frau Trina. „Ja, Herr, hier ist ein flüchtiger Mann zur Nachtzeit angekommen. Wir haben ihm die Thür geöffnet, ohne zu fragen, woher und wohin? Nun liegt er drinnen auf dem Strohsack und hat das Fieber."

„Das ist unser Mann," sagte der Führer." Laufe Einer und sage es auf dem Amte und bei dem Doctor an. Welchen Verkehr habt Ihr mit dem Ausreißer gehabt? Es wird ein schweres Wetter über Euch kommen, Ihr unvorsichtiges Volk."

„Haben wir etwas Böses gethan?" fragte Frau Trina, sich ermannend. „Wir haben Barmherzigkeit geübt."

„Dann übt sie auch ferner," sagte der Führer spöttisch. „Ihr seid verdächtig und dürft nicht mit andern Menschen zusammen treten. Zurück in die Hütte mit Euch."

„Laß uns gehen, Mann! Wir thun unsere Christenpflicht. Gott wird uns nicht verlassen und wir brauchen nicht vor Schaam zu vergehen vor dem jungen Kinde, das da drinnen als eine barmherzige Samariterin schafft."

Frau Trina ging der Hütte zu. Die Thür derselben öffnete sich und Liesbeth erschien auf der Schwelle:

„Zurück! Hier ist die Pest!"

Diese Worte brachten einen furchtbaren Eindruck hervor. Viele schrieen laut auf und liefen nach allen Richtungen hin auseinander. Der Führer des Trupp suchte umsonst die aufgelöste Ordnung wieder herzustellen. Er stellte seine zuverlässigsten Begleiter so auf, daß jeder Zugang zu der Hütte versperrt wurde, und sann nach, wie in diesem schwierigen Falle weiter zu handeln sei.

Die Bewohner von Altenwalde, welche sich eingefunden hatten, geriethen bei dem Anblick ihres Schutzengels außer sich. Sie machten ihrer Aufregung durch lautes Geschrei Luft und beriethen hastig mit einander, was in dieser Lage zu thun sei.

„Wir lassen sie nicht dort," sagte ein junger Bursche, der Allen voran war. „Sie soll dort nicht umkommen. Sie gehört zu uns und wir werden sie mit uns nehmen, geschehe, was da. wolle."

„Versucht es!" rief der Führer und schwang die Waffe. „Ich spalte Euch den Kopf, wenn Ihr nur einen Schritt näher geht."

„Da muß ich auch dabei sein!" war die Antwort des Burschen. „Wir können leicht aneinander gerathen, aber das Auseinanderkommen wird schwerer halten. Kommt an!"

„Halte an, Franz Eberhard," rief Lisbeth, die einige Schritte näher ging. „Du sollst an diesen Mann keine Hand legen, der in seinem Rechte ist und seines Amtes wartet. Ich bin einmal in dieses Haus gekommen und kein Anderer soll es betreten. Auch Ihr nicht!" fuhr sie, gegen die beiden Alten gewendet, fort. „Franz Eberhard, ich vertraue Dir die alten Leute an. Du wirst sie beschützen."

„Das thue ich, Jungfer Liesbeth," sagte der junge Bursche, der diesen Namen führte. „Was Sie mir befiehlt, das thue ich gern und müßte ich bei lebendigem Leibe durch Feuer und Wasser gehen. Kommt, Vater Tamm, ich bringe Euch sammt Euerem Weibe nach unserm Hofe und Ihr sollt es so gut haben, als wir selbst."

„Und ihr Andern geht ruhig nach Hause," fuhr Liesbeth fort. „Seid getrosten Muthes und ängstigt Euch nicht. Und Ihr, Herr, der Ihr der Erste zu sein scheint, gönnt mir die Freistatt an dem Schmerzenslager des Kranken. Sorgt dafür, daß uns das Nothwendige nicht mangele und vertraut vor Allem auf Gottes Vatergüte, die ihre schützende Hand über uns ausbreitet."

„Aber Sie, Jungfer Liesbeth! Will Sie allein bei dem Pestkranken zurückbleiben? Bedenke Sie es wohl. Niemand wird zu Ihr kommen und ich darf Sie nicht über diese Linie gehen lassen. Denkt Sie nicht an sich selbst?"

„Mein Leben steht in Gottes Hand. Ich folge

dem Triebe, den Er mir in's Herz gelegt hat, und erfülle Seine Gebote. Ihm habe ich vertraut und will es ferner thun. Er wird mich behüten und ich weiß, daß ohne Seinen Willen kein Haar von meinem Haupte fällt."

Mit diesen Worten ging sie in die Hütte zurück. Der Führer ließ den Franz Eberhard mit den beiden Alten ungehindert ziehen und stellte seine Posten auf. Die Uebrigen, welche Neugier hierher gelockt hatte, verloren sich nach und nach. Ein Eilbote war nach Cuxhafen gegangen, um das Quarantaine-Amt von allem zuletzt Vorgefallenen in Kenntniß zu setzen und um weitere Verhaltungsbefehle zu bitten.

Es trat auf dem Platze, der noch eben Zeuge einer ruhelosen Bewegung war, eine augenblickliche tiefe Stille ein.

———

Weit über eine Woche war verstrichen. Die Jungfrau, welche sich freiwillig zum Dienst der Menschheit und des Erbarmens geopfert hatte, ward mit Allem, was sie für sich und ihren Kranken bedurfte, reichlich versehen. Sämmtliche Gegenstände wurden an einen bestimmten Ort gelegt und wenn die Männer, welche sie brachten, sich zurückgezogen hatten, trat Liesbeth aus der Hütte und nahm sie in Empfang. Dann blieb sie einen Augenblick im Freien, sah zur blauen Himmelsdecke auf und grüßte freundlich die Wächter und die Andern, welche sich auf dem nahen Hügel einfanden. Kein Tag verging, wo nicht mehrere Dorfbewohner erschienen und so weit vorgingen, als sie durften, um das Kind der Gemeinde zu sehen, das so opferbereit sich in den Rachen des Todes wagte und selbst aus Cuxhafen und Ritzebüttel fanden sich Neugierige ein, die mit eigenen Augen schauen wollten was sie nicht zu begreifen vermochten.

Die spanische Brigg wurde unablässig beobachtet und genaue Nachforschungen angestellt, während man für die Bedürfnisse der Mannschaft in umfassender Weise sorgte. Die Krankheit des Capitains und des Matrosen Pedro war vorübergehend. Die Beobachtungen des Arztes führten zu dem Resultat, daß hier keine ansteckende Krankheit vorliege und daß es kein Bedenken haben werde, dem Schiffe nach beendeter Quarantaine die freie Pratica zu ertheilen.

Diese günstige Wendung der Dinge ließ einen Blick auf den Verbannten in der Hütte auf dem Moor werfen. Der Arzt beschloß, sich an Ort und Stelle zu begeben und der Dorfarzt von Altenwalde, welcher um das zarte Gemeindekind in großer Sorge war und in der Hütte einige Besuche abgestattet hatte, welches nur verstohlen geschehen konnte, erbot sich, ihn zu begleiten. Mit dem Beginn des nächsten Tages, der für die Aufhebung der Quarantaine angesetzt war, sollte dieser Besuch stattfinden.

Aber in der Nacht vorher begab sich eines jener rührenden Ereignisse, welche den Menschen, der sie erlebt, weit über die irdische Alltäglichkeit erheben.

„Seid nun getrosten Muthes, Freund," sagte Lies= beth mit freudestrahlenden Blicken, als Godofredo aus der Kammer trat, die ihm bisher eine Folterkammer gewesen war und die er jetzt fast hergestellt verließ. „Euch ist großes Heil widerfahren, denn das böse Fieber hat Euch verlassen und Ihr geht Eurer völligen Genesung entgegen."

„Und wem danke ich dieses Glück?" entgegnete er lebhaft. „Wem anders, als Euch . , ."

„Nicht mir!" unterbrach ihn Liesbeth, „sondern dem gütigen Vater im Himmel, der das Geschick eines jeden Sterblichen mit milder Hand leitet. Ihm allein schuldet Ihr Euern Dank."

„Ja, ich will Ihm danken aus vollem Herzen und Ihr wißt nicht, wie sehr ich dazu Ursache habe. Ich kam hierher, um eine heilige Pflicht zu erfüllen, und weil die Quarantaine mich daran hinderte, wagte ich die verzweifelte Schwimmfahrt."

„Möge Euer Vorhaben Euch gelingen."

„Alle meine Kraft will ich daran setzen, eine Heimath, die ich als Kind verlor, als Mann wieder zu finden."

„Wie verstehe ich das?" fragte Liesbeth und Godofredo sagte:

„Ich will es Euch erzählen. Wie dürfte ich ein Geheimniß vor Euch haben, ohne die ich meinen Leiden hätte erliegen müssen. Hört mich an und habt Geduld mit mir, wenn ich, der Landessprache nicht gewohnt, mich Euch nur mangelhaft verständlich machen kann."

Godofredo erzählte. Liesbeth merkte auf; anfänglich nur mit freundlichem Wohlwollen, aber bald mit der lebhaftesten Theilnahme. Ein frohes Ahnen flog durch ihre Seele und ihr Herz begann zu schlagen, als Godofredo mit den Worten schloß:

„Ihr wißt nun Alles. Mein armer Vater ließ sich verleiten, aus Mangel und Noth mich in die Hände des Seiltänzers zu geben in einer Stunde, da er von seinen Gläubigern hart gedrängt ward. Als ich von der Wahrheit dieser Aussage mich überzeugt hatte, ließ es mir keine Ruhe, bis ich mich auf dem Wege hierher befand. Nachdem ich darauf die mir fremde Heimath vor mir sah und man mich hindern wollte, sie zu betreten, half ich mir selbst und wäre ohne Euern Beistand verloren gewesen."

Liesbeth hörte die letzten Worte nicht mehr. Sie war in großer Spannung und sagte:

„Herr mein Gott, vor welchem Geheimniß stehe ich? Wäre es wahr, was jetzt mein Herz ahnt, wie wunderbar unerforschlich sind dann Deine Wege."

Und sich zu Godofredo wendend, sprach sie mit der innigsten Theilnahme:

„Aber Ihr habt mir noch nicht gesagt, wie der Ort heißt, wo Ihr heimisch seid, und welchen Namen Ihr führt. Erst dann können wir wissen, ob Euere Aeltern, nach denen Ihr Euch mit vollem Herzen sehnt, noch am Leben sind."

„Altenwalde heißt der Ort," sagte Godofredo, „und in meiner Fieberhitze glaube ich gehört zu haben, daß dieser Name in meiner Nähe genannt worden ist."

„Der Arzt hat ihn genannt, der dort, eben so wie ich, seine Heimath hat. Jenseits der Hügel, die hier vom Moor aufsteigen, liegt jenes Dorf und der Thurm der Kirche schaut weit in das Land hinein. So seid Ihr denn das verlorne Kind, welches die

Mutter ihr Leben lang betrauerte und welches der alte Vater noch immer sucht und nicht finden konnte."

"Meine Aeltern leben!" rief Godofredo lebhaft. "Ihr sagt es, daß meine Aeltern leben?"

"Wenn Euer Name Gottfried Tamm ist!" entgegnete Liesbeth, fortgerissen von der Macht des Augenblickes, ebenfalls mit großer Lebhaftigkeit, "dann leben sie und Ihr seid berufen, die Qualen eines Mutterherzens zu enden und das Gewissen eines Mannes von einer schweren Last zu befreien."

"Ich heiße Gottfried Tamm!" jauchzte Godofredo auf. "Der Mann, welcher mir beichtete, hat es gesagt und mit einem heiligen Eide bekräftigt. So bin ich denn an dem Ziele meiner Wallfahrt angelangt."

"Ihr seid es. Als ein Zeichen, daß sich die Verheißung erfüllt, bringt der Lichtstrahl des neuen Morgens in diese Kammer. Laßt mich ausschauen, ob es die Witterung gestattet, daß Ihr den ersten freien Athemzug thun dürft."

Sie trat in's Freie. Der Quarantainewächter, der eben im Begriff war, anzuklopfen, rief ihr zu:

"Freut Euch, Jungfer Liesbeth. Alle Noth hat ein Ende. Ihr könnt getrost mit uns verkehren und Euer Pflegling kann es auch, wenn seine Beine ihn schon bis hierher tragen. Da kommt unser guter

Doctor, den ich nie gesehen habe, wenn er heimlich hierher schlich, weil ich ihn nicht sehen durfte, und mit ihm kommt die ganze Gelehrsamkeit von Cuxhafen und das halbe Altenwalde zieht hinter ihnen drein."

Da eilte Liesbeth in die Hütte zurück, um den ängstlich Harrenden auf Das vorzubereiten, was ihm bevorstände, und ihn in's Freie zu führen. Der Quarantainewächter aber, in der Freude, seines beschwerlichen Amtes enthoben zu sein, rief den sich Nähernden ein fröhliches Willkommen entgegen und sagte:

„Kann Euch sagen, daß die Liesbeth gesund und munter ist. Ihr Schützling ist es auch und Ihr sollt sie wieder haben, wenn erst die Doctoren, welche Ihr jetzt hineingehen seht, Ihre Schuldigkeit gethan haben. Da ist Sie ja auch, Frau Trina Tamm, und Ihren Alten hat Sie bei sich. Sehnt Euch auch wohl darnach, das alte Nest wieder in Besitz zu nehmen, was ich bisher nicht leiden durfte. Heute giebt es kein Hinderniß mehr und da kommt auch schon Jungfer Liesbeth gerade auf Euch los."

Als die Jungfrau sichtbar wurde, kamen ihr Alle mit der ungeheucheltsten Theilnahme entgegen und legten ihre Freude auf jede Weise an den Tag. Mit schaamhaftem Erröthen empfing sie die Zeichen der Liebe und sagte darauf:

„Laßt mich erst mein Werk ganz vollenden, dann gehöre ich Euch wieder, wie immer. Nun, Mutter Tamm? Ihr wollt Euer Haus in Besitz nehmen? Das sollt Ihr und Ihr werdet einen Schatz darin finden, welcher Euch für Euer ganzes Leben glücklich machen wird."

„Was ist das für ein Schatz, Kind?" fragte die Alte und Liesbeth sagte:

„Der Mann, den Ihr aufnahmt und der unter Euerm Dache genas, kommt aus fernen Landen und weiß viel von einem verlornen Gute zu erzählen, nach welchem Ihr so lange suchtet.."

„O, Herr mein Gott!" rief Frau Trina ahnend, aber Claas Tamm sagte in großer Erregung:

„Sprichst Du von Gottfried? Ja, ja! Du sprichst von ihm. Du würdest sonst nicht so freudig darein schauen, wie Du thust."

„Ja, ich spreche von ihm," sagte Liesbeth, „und wenn Ihr Euch fassen wollt im Glücke, sage ich Euch, daß Euer Sohn gefunden ist und Ihr ihn wieder in Euere Arme schließen sollt."

„Gottfried! Gottfried!" rief der Vater mit bebender Stimme und die Mutter rief es ihm nach, und den beiden alten Leuten strömten die Thränen aus den Augen.

Gedofredo, der ängstlich=harrend auf der Schwelle stand, vermochte sich nicht länger zu halten. Mit dem

Rufe: „Vater! Mutter! Hier ist der Gottfried!" eilte er herbei und schloß die tief erschütterten Alten in seine Arme.

Mit inniger Rührung sahen alle Anwesenden auf ein Schauspiel, das keiner Erklärung bedurfte. Vater, Mutter und Sohn in einer innigen Umarmung, voll Dank und Freude schwelgend in dem Besitz des gewonnenen Glückes. Wohl schlug dem Vater bange das Herz, als er dem Sohn, den er so gewissenlos von sich stieß, gegenüber stand, und mit zitternder Stimme sprach er:

„Vieles bin ich mir gegen Dich bewußt..." Aber der Sohn verschloß ihm den Mund mit einem Kusse und rief: „Vergeben! Vergessen! Vor dieser Freudenstunde verschwinden Jahre des Kummers wie ein Hauch."

„Das spricht mein Sohn!" sagte Frau Trina stolz. „Ja, Vater, es ist Alles vergeben. Wo ist Liesbeth, der wir dies Glück zu verdanken haben?"

Aber Liesbeth war nicht zu sehen, und Franz Eberhard sagte:

„Die ist längst nach Altenwalde. Ihr wißt es ja, sie mag nicht vor den Leuten gepriesen sein. Laßt ihr doch ihren Willen."

———

Ein volles Jahr war seit diesem denkwürdigen Tage verstrichen. Die Hütte im Moor war nicht mehr baufällig. Sorgsame Hand hatte sie ausbauen lassen, als ein sichtbares Erinnerungszeichen an eine verhängnißvolle Zeit. Aber bewohnt war sie nicht. Ihre bisherigen Insassen hatten sich nach Altenwalde zurück begeben.

Sennor Godofredo folgte der vorangesegelten Brigg nach Hamburg und nahm sein Hab und Gut daselbst in Empfang. Mit dem Fährmann kehrte er dahin zurück und ließ sich als Herr Gottfried Tamm in Cuxhafen nieder. Das Gehöft des Vaters kaufte er dem jetzigen Besitzer ab, versah es mit einem tüchtigen Wirthschafter und dort verlebten nun Vater Claas und Mutter Trina, wie auf einem behaglichen Altentheil, den Abend ihres Lebens in ungetrübter Heiterkeit.

Es war Morgen, aber kein Sonntag, und doch läuteten die Glocken auf dem Thurm zu Altenwalde, daß es weithin schallte. Die Kirche füllte sich bis auf den letzten Platz. Am Altar erschien der Pastor im vollen Ornat und vor ihm standen Herr Gottfried Tamm und Jungfrau Elisabeth Weiland, die Hände zum ewigen Bunde ineinander gefügt. Segnend ruhte die Hand des Priesters auf ihren Häuptern. Die Orgel fiel in brausenden Accorden ein und die versammelte Gemeinde sprach andächtig: „Amen!"

Mein oder Dein?

Mein oder Dein?

Wer von seewärts her in die Elbe kommt und kein geübtes Lootsenauge mitbringt, der glaubt erst gar nicht, er sei darin. Nichts als Luft und Wellen. Auf den letzteren wiegt sich die rothe Tonne und nicht weit von ihr das Lootsgaliot. Erst wenn das heimkehrende Schiff an der Insel Neuwerk vorüber fliegt, wenn die Kugelbaak und der Leuchtthurm von Cuxhafen sichtbar werden, dämmert der Gedanke an eine Strommündung in ihm auf.

Wenn aber bei Brunsbüttel die beiden Ufer zusammenrücken, zeigt sich die auf- und abströmende Elbe mit ihren zahllosen Schiffen auf dem Rücken und ihren hohen, eingedeichten Ufern zu beiden Seiten. Es ist eine großartige Einförmigkeit, nur unterbrochen durch eine Kirchthurmspitze, oder einen Hausgiebel, oder einen hohen Baumwipfel, welche über die grünen Umwallungen wegschauen.

Einige Meilen weiter aufwärts machen der Freiburger Außendeich zur Rechten und die rothen Dächer von Glückstadt zur Linken dieser Einförmigkeit ein Ende. Nun erscheinen die flachen Inseln, die man auf der Elbe Sande, auf der Weser Platen nennt. Die Erste ist Krautsand. Lang und schmal hebt es sich aus den Wellen empor. Ein breiter Elbarm trennt es von Holstein und statt des einen großen Stromes bieten sich die Nordelbe und Südelbe dem überraschenden Auge dar. Dem Krautsande folgt das Aßler-Sand und nach diesem kommen viele andere Eilande. Durch kürzere, oder längere Wasserstraßen getrennt, zwischen zwei Festlanden ein grünendes und blühendes Inselreich, das sich weit über Hamburg hinaus erstreckt und das die Elbe mit hundert Armen umschlingt, eine silberne Fassung für eben so viele Edelsteine.

Unter diesen Edelsteinen, so verschieden an Form und Gehalt, ist ein köstlicher Smaragd. Er liegt dem idyllischen Flottbeck gegenüber und heißt der Finkenwerder. Dies Eiland zeichnet sich dadurch aus, daß David Hansemann auf demselben geboren ist, daß es zur Hälfte einer Republik und zur Hälfte einem Königreiche gehört, und daß daselbst ein äußerst belebter und gemüthlicher Johannismarkt stattfindet, während dessen Dauer von den luftigen Zeltdächern und den

Mastenspitzen der Fischerever die Hamburgische und die Hannöversche Flagge in traulicher Eintracht neben einander lustig im Winde flattern.

Das Eiland ist nur eine Stunde lang und kaum ein Drittheil so breit. Es ist mit einem Deiche umgeben, auf welchem man es in drei Stunden bequem umgehen kann. Aber auf diesem kleinen Raum liegen im Schooße der Erde der Reichthum und die Fülle. Der Pflug und der Spaten werben um ihn und auf dem Felde und im Garten, auf den Wiesen und im Röhricht steigt er vor unsern sichtlichen Augen aus der Tiefe.

Das wußten die alten Herren von Bynken vom lustigen Werder wohl, nach welchen dieses Eiland den Namen hat; darum ermahnten sie ihre Nachkommen, daß sie der alten Sitte treu bleiben möchten. Diese hielten sich an der Altvordern Gebot; ließen nicht von Spaten und Pflug, wehrten ab, daß kein neumodischer Flitter und kein werthloser Tand über den Deich kam, denn der ehrsame Hinnerk Bynk sagte zu seinem Sohne: „Schön Gewand, macht lässige Hand" und sein Weib sagte zu der Tochter: „Sammt und Seide löschen das Feuer in der Küche." Beide Sprüche vererbten sich von Kind auf Kindeskind, bis in die

neueste Zeit hinauf; dann freilich begannen sie allmäh=
lich in Vergessenheit zu gerathen.

Aber in vollen Ehren bestanden diese Sprüche
noch in jenen Tagen, da der Wilken Sumfleth und
der Gerd Hinsch in ihren Häusern das Regiment führ=
ten. Sie waren Nachbarn; so nahe Nachbarn, daß
sie, Jeder auf seinem Grund und Boden stehend, sich
die Hand geben konnten, ohne sich sonderlich vorüber
zu beugen, wenngleich der Grund des Einen zu Chur=
Hannover und der Grund des Andern zur Republik
Hamburg gehörte. Beide hatten von der Schulbank
und der Gänsewiese an gute Freundschaft gehalten und
waren mit irdischen Gütern so gleichmäßig bedacht,
daß Keiner Ursache hatte, dem Andern um irgend
etwas zu beneiden.

Der einzige Unterschied zwischen Beiden war, daß
der Wilken Sumfleth einen Sohn und der Gerd Hinsch
eine Tochter hatte. Allein dieser Unterschied sollte die
Ursache einer noch größeren Gemeinschaft werden.
Die müssigen Dirnen und die eben so müssigen Jung=
ferle flüsterten es sich zu und kein Zweifel waltete
darüber ob, daß es am nächsten Johannismarkte offen=
bar werden würde, denn in diesen glückseligen Tagen
traten so manche Geheimnisse an das Tageslicht, die
bis dahin im Verborgenen schlummerten.

Am Vorabend vor jenem gesegneten Johannis=
tage was es, als der Wilken Sumfleth und der Gerd
Hinsch einander, wie zufällig, auf dem Deiche begegne=
ten. Bislang hatten sie gleich ein freundliches Wort
zur Hand und tauschten Gruß und Handschlag. Heute
begnügten sie sich damit, an die Mütze zu greifen und
sich zuzuwinken.

„Möchte wissen, ob ich mir etwas vergebe, wenn
ich ihn zuerst anrede," sagte der Wilken Sumfleth vor
sich hin.

„Kann lange warten, bis ich ihm das erste Wort
gönne!" sprach Gerd Hinsch in gleicher Weise.

„Bei alledem kann er nicht dafür," sagte der
Erstere leise, und: „Es ist nicht seine Schuld!" meinte
der Andere.

„Er dauert mich!" sagte Wilken Sumfleth und
machte Miene umzukehren.

„Ich fühle ein rechtschaffenes Mitleid," sagte Gerd
Hinsch und war im Begriff, dasselbe zu thun.

Was diese beiden Freunde bedrückte, war im
Grunde derselbe Alp, welcher auf allen Hausvätern
des gesegneten Finkenwerders lastete.

Bis vor kurzem war es den ehrbaren Leuten nicht
in den Sinn gekommen, daß sie als zwei verschiedene
Nationalitäten auf demselben Grund und Boden hau-

ſeten und kein Streit war entſtanden, wenn in den Tagen der Aerndte zufällig die Hamburger Senſe die hannöverſchen Halme ſtreifte, oder umgekehrt. Aber nun war ein Reiſender erſchienen, der ein Büchlein voll unerhörter Erlebniſſe herauszugeben gedachte und um das zu können, mußte er eine Reihe ſolcher Erlebniſſe zuſammen treiben. Darum ſagte er zu den Hamburgiſchen Inſulanern: „Was gebt Ihr Euch mit Denen da ab, die nichts ſind, als die unter=
thänigen Knechte eines ſtrengen fürſtlichen Gebieters? Ihr ſeid die freien Bürger eines freien Staates, darum tragt den Kopf höher; Ihr habt das Recht dazu."

Zu den Hannöverſchen aber ſagte er: „Das ſollte mir fehlen, wenn ich zu Euch gehörte und ließe mir von denen da die Butter vom Brode nehmen. Ihr allein ſeid etwas Rechtes, denn Ihr habt einen ge=
ſtrengen Churfürſten und Jene haben nur eine Mag=
nificenz, der im Grunde nichts anderes iſt, als ein Bürgermeiſter, was ein Jeder von Euch auch ſein kann."

Darauf rüſtete er ſich zur Abreiſe und ehe er in das Boot ſtieg, ſchrieb er in ſein Taſchenbuch:

„Dieſe Finkenwerderſchen ſind ſich ihrer verſchie=
denen Abſtammung wohl bewußt. Sie kämpfen mit Entſchloſſenheit für die Aufrechterhaltung ihrer bürger=
lichen und politiſchen Rechte, was bei verſchiedenen

Anlässen bedrohliche Conflicte herbeiführt, die eine endliche Auflösung dieser unnatürlichen Verbindung herbeiführen müssen. Ob die feudale, ob die republikanische Parthei den Sieg davon tragen wird, liegt noch in dem Schooße der Zukunft begraben."

Und sie liegen noch bis zur Stunde darin, denn die Insulaner jener Zeit hatten von den Mittheilungen des fremden Reisenden nur soviel begriffen, daß die eine Halbscheid von ihnen vornehmer sei, als die andere und daß man sich nichts vergeben und den Kopf so hoch tragen müsse, als nur immer möglich.

Das thaten sie denn auch redlich und am Vorabend vor dem Johannismarkt wären sogar der Wilken Sumfleth und der Gerd Hinsch in dem Gefühl des eigenen Werthes mit Geringschätzung aneinander vorübergegangen, wenn nicht die Kinder es verhindert hätten. Der Berend und die Ilsabe hatten von wegen des morgenden Tages Abrede genommen. Es geschah, indem Berend über die Hollunderhecke wegschaute, die den Garten der Ilsabe einfriedigte und bei dieser Gelegenheit fiel ihnen bei, daß sie noch Manches zu verhandeln hätten, was mit dem Tanze nichts zu schaffen habe.

„Willst Du mich denn?" fragte der Berend und die Ilsabe antwortete: „Ganz und gar!" und schlug treuherzig in die dargebotene Rechte. Gleich darauf war der Berend über die Hollunderhecke weg, er wußte selbst nicht zu sagen, wie? und als sie sich nach längerer Zeit trennten, gewahrten sie die beiden Alten, welche eben an einander vorüberschoben.

„Die sind auch schon vom Hochmuthsteufel besessen," sagte Berend. „Geschwind, Ilsabe, wir müssen sie in das rechte Fahrwasser bringen, sonst ist es mit der Hochzeit auf Martini nichts."

Und schnell wie der Wind eilten sie zu den Alten und schmeichelten und hätschelten sie und gaben so lange gute Worte, bis endlich der Wilken Sumfleth sagte: „Wir wollen es beschlafen!" Dazu gab Gerd Hinsch seine Einwilligung und setzte hinzu: „Und morgen beginnt der Johannismarkt!" Ein Weiteres war aber nicht zu erlangen und die jungen Leute gingen ziemlich trübselig auseinander.

Der ersehnte Morgen brach an. Blaue Luft und Sonnenschein, grüne Bäume, bunte Blumen und lachende Gesichter, wohin das Auge nur schaute. Ueberall entfaltete sich ein fröhliches Leben, am meisten aber vor jenem stattlichen Hause, das mit den weißen Wänden und den hellen Fenstern über den Strom wegleuchtete. Es war die Fährstelle, wo die Jollen und die Ever landeten, welche die überelbischen Gäste brachten, die fröhlich singend, mit wehenden Tüchern und bunten Flaggen das Ufer betraten. Aller Zwiespalt war verschwunden, jedes Standesvorurtheil verbannt. Der Hannoveraner trompetete den Hamburgern entgegen und die Hamburger antworteten mit einem endlosen Wirbel auf einer riesigen Trommel. Von der Westerweide bis hinüber zum Osterende war in der Länge, wie in der Breite nichts als neutraler Boden.

Alle lachten und tanzten, am meisten die Ilsabe und der Berend. Die Väter standen von ferne, sie tranken, schmauchten und nickten sich zu. In hundert Gruppen wiederholte sich dieselbe Scene und Alle waren so sehr mit sich beschäftigt, daß sie nicht merkten, wie der allgemeinen Heiterkeit ein nahes und klägliches Ende bevorstand.

Alle Gesichter glühten. Ob vor Freude? Oder vom starken Punsch? Oder von der brennenden Johannissonne, die hoch am Mittage stand? Oder von allen Dreien zugleich? Wer will es sagen? Aber während dieser dreifachen Gluth braute es auf im Westen und im Osten zugleich wie eine dichte Nebelbank. Der Wind, der in den Frühstunden leise von Süden herüberwehte, starb allmählich und die schwüle Luft senkte sich erdrückend auf Strom und Land.

Drohend thürmten sich die Wolken zu Bergen

empor und blickten herausfordernd über den Strom weg auf die bewaldeten Höhen von Nienstätten und Blankenese; allein die Ebbe floß abwärts, neckend und zerrend, selbst ruhelos und keinem die Ruhe gönnend. Die Gewitter wagten sich nicht an das jenseitige Ufer und zogen mit den Wellen. In den Schenken und auf den geräumigen Dielen der Scheunen fiedelte und trompetete die steigende Lust.

Aber wie gefesselt stand plötzlich die Ebbe, auf= athmend und keinen Zoll breit weichend, ein minuten= langer Todesschlaf, aus welchem sie plötzlich mit einem lauten Stöhnen erwachte.

„Die Fluth! Die Fluth!" erschallte es hier.

„Die Fluth! Die Fluth!" erschallte es dort.

Die Wasser rauschten heran aus der Wedeler Bucht und schossen bei Schulau um die scharfe Ecke, die trocken gelaufenen Bänken mit ihrem schäumenden Gischt bedeckend. Die Fluth hatte den Sturm in seinem nächsten Gefolge und die Wolken, die ihn tru= gen, warfen Ströme von Regen und scharfe Hagel= böen auf die erschrockene Erde herab. Dichte Finster= niß umhüllte die Gegend. Die Blitze zischten wie feurige Schlangen durch die Luft und die rollenden Donner erschütterten die Wohnungen der erschrockenen Eiländer vom Giebel bis zur Grundfeste.

Lautes Angstgeschrei und stummes Entsetzen überall. Vorüber die Freuden des Johannismarktes mit Gedankenschnelle. Die Flaggenstangen knickten wie Binsen und die zerrissenen Flaggen flogen wie bunte Fetzen umher, fortgetragen vom Sturm, niedergeworfen vom Hagelschlag. Die luftigen Zelte wurden vom Boden losgerissen und fuhren wie halbgefüllte Montgolfièren in der Irre umher, bis sie vom Sturm zusammengeballt, klatschend in die Elbe geworfen wurden. So lange die Fluth stieg, nahm das böse Wetter überhand, und erst, als das Wasser seinen höchsten Stand erreichte, beruhigte sich der Sturm, die Donner schwiegen und der strömende Regen erreichte sein Ende. Aber nun war es finster und kein Auge vermochte zu ermessen, wie groß das Unglück sei, welches der Gewittersturm anrichtete. Zitternd und bebend schlichen die Einheimischen nach Hause, ungewiß, ob sie dasselbe auch auf der Stelle antreffen würden, wo sie es verließen. Die Fremden blieben dort, wo sie sich bei dem Ausbruche des Unwetters gerade befanden und erwarteten frierend den kommenden Morgen.

Er kam in der allertrübseligsten Gestalt. Der Sturm grollte noch von ferne und die Elbe ging hoch. Aus einzelnen vorüberfliegenden Wolken rieselte ein feiner Sprühregen herab. Ohne Sang und Klang bestiegen die durchnäßten Fremdlinge ihre Jollen und Ever und kehrten nach Hause zum warmen Herdfeuer zurück. Die Einheimischen traten zagend hinaus in den Garten und auf das Feld; kehrten aber mit erleichtertem Herzen zurück. Das Unwetter war freilich ein entsetzliches gewesen; aber die Hand des Herrn hatte es von den eigentlichen Kornfeldern und Wiesen fern gehalten. An einer Stelle hatte der Sturm ein gutes Beutestück hingeworfen und die es gewahrten, begrüßten es mit einem Ausrufe des Staunens und fragten erst im Scherze, dann aber im vollen Ernste: „Mein oder Dein?"

Wilken Sumfleth und Gerd Hinsch traten zu gleicher Zeit aus ihren Häusern und gingen sich entgegen, um sich an den Landesgrenzen einen guten Morgen zu bieten und sich zu vertrauen, was während der vergangenen Nacht über sie verhängt ward. Bevor sie sich so nahe kamen, um mit einander sprechen zu können, warfen sie einen Blick auf die Elbe, welche noch immer grollend und murrend nach überstandenem Kampfe nicht zur Ruhe kommen konnte. Mit weit aufgerissenen Augen und offenem Munde standen sie da und staunten das Unglaubliche an.

Vor ihnen lag ein grüner Erdfleck, der risch aus dem Wasser emporgestiegen war. Er befand sich dem

Ufer so nahe, daß man ihn hätte springend erreichen mögen. Der Umfang war gering und die Lage so niedrig, daß die Wasser theilweise darüber hinflutheten. Allein Land war es; wirkliches, unbestreitbares Land; ein angeschwemmtes oder emporgehobenes, wie es der Stromgeist in seiner Laune den Anwohnern wie einen lockenden Köder hinzuwerfen pflegt.

„Nachbar Hinsch, siehst Du das?" fragte Wilken Sumfleth und Jener entgegnete:

„Sehe es wahr und wahrhaftig. Ein Schlick= haufen, mit einer grünen Mütze auf dem Kopfe."

„Kann größer werden mit der Zeit und aus der Mütze wird ein grünes Kleid!" fuhr Wilken Sum= fleth fort. „Wer weiß, ob sie nicht morgen früh ein Paar Ellen an jeder Seite zugenommen hat."

„Giebt eine gute Schafweide ab," bemerkte Gerd Hinsch nachdenklich.

„Kuhweide!" verbesserte Wilken Sumfleth „Für die Schafe ist das Futter zu hart, aber die Kühe ge= deihen sichtlich dabei."

„Gut dann, Kuhweide," sagte Gerd Hinsch nach= gebend. „Will mir ein Paar magere Holsteiner zu= legen."

„Du?" fragte Wilken Sumflath verwundert. „Hast ja kaum Futter genug für Deine beiden braunen und für die gelbgraue, die drei Mal mehr frißt, als sie an Milch dafür wiedergiebt."

„Und was wird mit dem da?" fragte Gerd Hinsch, auf die Insel im Strom zeigend. „Siehst Du nicht, was das ist?"

„Das ist mein!" antwortete Wilken Sumfleth entschieden. „Das liegt meinem Acker zunächst und ich bin hannöversch."

„Du hast ein schlechtes Augenmaß," lachte Gerd Hinsch. „Der gelehrte Doctor, der neulich hier war, sagte, die Republik ist im Wachsen und nun wächst sie sichtbarlich, denn was da auf dem Wasser schwimmt, gehört mir als Hamburger."

Die Ilsabe und der Berend, von der Sehnsucht getrieben, sich einen guten Morgen zu bieten und beunruhigt über das ungewöhnlich lange Ausbleiben der Väter, kamen noch zur rechten Zeit, um den Ausbruch eines Kampfes um das Mein und Dein einer Sache zu verhüten, deren Vorhandensein sie bislang nicht ahnten.

„Es ist gut," sagte Gerd Hinsch, den Bitten der Tochter nachgebend. „Ich schweige jetzt still. Aber von meinem Rechte gebe ich nichts auf und wenn Du Dich nicht in Gutem fügst, mußt Du es mit Gewalt."

„Gewalt wird mit Gewalt vertrieben!" erwiederte

Wilken Sumfleth, der seinen Sohn zur Seite schob und eine herausfordernde Stellung einnahm. „Ich nehme mir einen Advocaten."

„Das thue ich auch!"

„Ich gehe damit an die Regierung!"

„Und ich supplicire an den Senat!"

Immer heller schlugen die Flammen zum Dache heraus, während das Inselchen, im Wasser schwankend, sich bald hob, bald senkte, als ob es nicht wisse, was es thun oder lassen solle.

Die Kunde von dem Länderzuwachs war indessen auf der ganzen Insel, sowohl im Chur-Hannöverschen, als im Hamburgischen Antheil ruchbar geworden und kaum war es den bittenden Kindern gelungen, die zürnenden Väter auseinander und nach Hause zu bringen, als die Neugierigen sich auf dem Deiche sammelten und das stattgehabte Ereigniß mit Handschlagen begrüßten.

Große Gedanken reifen nur allmählich, also auch diejenigen, welche unter der Hirnschale der beiden Nachbarn entstanden. Am ersten war Wilken Sumfleth mit den seinigen einig, als er seine Wohnung verließ und der kleinen Kathe zuging, die unter zwei hochaufgeschossenen Linden hart am Kirchenwege liegt.

Dort wohnte Dirk Külpel, ein Tausendkünstler in

seiner Art. Er zimmerte oder mauerte, wie es verlangt ward, als ein zünftiger Gesell und wußte zur Noth auch mit dem Pinsel umzugehen, wenn es eine Hausthüre, oder eine Fensterlade anzustreichen galt, was er schillern nannte. Der Mann der drei Gewerke, wie er auf der ganzen Insel hieß, kam dem Wilken Sumfleth, der bei ihm anklopfte, mit der Mütze in der Hand entgegen. Er führte ihn in seine Wohnstube, die zugleich Werkstatt und Polterkammer war, schob ihm einen Schemel hin und fragte nach dem Begehr des werthen Gastes. Dieser brachte sein Anliegen vor und als es geschehen war, sagte Dirk Külpel:

„Soll pünktlich besorgt werden. Verlasse Er sich darauf. Und wenn Ihn Jemand fragt, warum? antworte Er nur: Darum! Der Dirk Külpel hat es gesagt, dann glaubt es alle Welt!"

So ging nun Wilken Sumfleth beruhigt seines Weges, das heißt, in die Krugwirthschaft des Claus Harms, um von dem Zuwachs zu reden und mit hochmüthigen Blicken auf den Gerd Hinsch herabzusehen, der dort ebenfalls sein Gläschen trank und gar nicht darnach aussah, als ob ihn das hochmüthige Wesen des Nachbars niederbeugte. Sie begehrten tüchtig gegeneinander auf und als die Mittagszeit herankam, verließen sie den Krug, der Eine durch die Vorder-, der Andere durch die Hinterthür. Und da sie nicht auf dem gebahnten Wege neben einander gehen wollten, gingen sie über Wiesen und Aecker mit vielen Mühen und im weiten Bogen, ihrem nahen Ziele zu.

Gegen Abend fanden sich die jungen Leute bei der Hollunderhecke zusammen und Ilsabe, die auf Alles wohl Acht gab, was in dem Nachbarhause vorging, fragte:

„Weißt Du nicht, was Dein Vater im Sinn hat?"

„Nichts weiß ich," entgegnete Berend. „Als ich ihn darnach fragte, antwortete er nur: Das wird sich morgen finden. Was kümmert uns im Grunde heute schon, was wir erst morgen finden sollen? Beeile Dich nur, daß Deine Brautkisten in Ordnung sind, denn auf Martini ist Hochzeit."

Der neue Tag brach an und mit ihm begann ein Schauspiel, das sich am Tage vorher geheimnißvoll vorbereitete.

Mit dem ersten Morgengrauen begann die Vorstellung, der es nicht an Zuschauern fehlte. Dirk Külper hatte nicht reinen Mund gehalten und müssiges Volk strömte dem Deiche zu, um zu sehen, was sich daselbst begeben würde.

Wilken Sumfleth ließ nicht auf sich warten. Er

trat in das Freie hinaus, bewaffnet mit einer Bohnen=
stange, die er im Arm trug, wie der Soldat sein
Gewehr. Das obere Ende war sorgsam verhüllt.
Jenseits der Hofthür sagte er zu seinem Sohne, der
sich anschickte, ihm zu folgen:

„Du bleibst hier und denkst daran, daß wir heute
mehr sind, als wir gestern waren. Daraus folgt von
selbst, daß es mit des Nachbars Hinsch seiner Ilsabe
nichts ist. Das kannst Du ihr nur sagen, wenn Du
heute Abend wieder bei ihr über die Hollunderhecke
guckst. Ich will höher mit Dir hinaus."

Mit diesen gewichtigen Worten schritt er fürbas.

Unter den Zuschauern, die sich mit jedem Augen=
blicke mehrten, befand sich auch Gerd Hinsch, der allen
Bewegungen seines Nachbars folgte.

Wilken Sumfleth begab sich an die Außenkante des
Deiches und stieg dort in einen Kahn, womit er
nach der neu entstandenen Insel hinüberfuhr, welche
seit gestern an Umfang und Höhe gewonnen hatte. Er
trat an das Land, sah sich überall um, befreite die
Spitze der Bohnenstange von der Umhüllung und stieß
sie mit voller Kraft in das Erdreich. Darauf schwenkte
er die Mütze um den Kopf und rief drei Mal nach
einander Hurrah: ohne daß ein befreundetes Echo
diesen Jubel wiederholte.

Die erstaunten Zuschauer erblickten an dem obern Ende der Stange eine weiße Tafel, die mit schwarzen Zeichen bedeckt war. Was diese vorstellten, konnte Keiner erkennen, außer Jan Wriede, der lahme Steuermann, der seinen Kieker unter dem Arme trug, den er jetzt in die gehörige Lage vor das Auge brachte.

„Wie lauten die Worte?" fragte der Krüger Claus Harms den lahmen Steuermann, der sein fleißigster Kunde war, und Jan Wriede antwortete nach einer Pause:

„Nun wissen wir es. Da steht es geschrieben: Chur=Hannöversches Gebiet! Wilken Sumfleth!"

„Das wäre der Teufel!" rief Gerd Hinsch, der zu dieser Gruppe getreten war, und fügte hinzu:

„Ich leide es in Ewigkeit nicht."

Weiteres vermochte er nicht hervorzubringen, denn Wilken Sumfleth, der sein Werk vollbracht hatte, kam mit seinem Kahne zurück und ward ob seiner Helden=that begrüßt und von allen Anwesenden bis in seine Wohnung geleitet.

Ein Hurrah für Chur=Hannover!

Am Nachmittage empfing Dierk Külper, der Tausendkünstler, einen neuen Besuch und das war Gerd Hinsch, der ein absonderliches Anliegen hatte, das er vom Herzen herunter sprach. Dierk Külper rieb sich vergnügt die Hände, versicherte hoch und theuer, daß Alles zur rechten Zeit fertig sein solle, und machte sich sofort an die Arbeit. Er gelobte, darüber nicht ein Wort aus dem Hause verlieren zu wollen, und um ganz sicher zu sein, gab er es seiner Hausmagd in Verwahrung, die es aber wohl nicht recht behütet haben mußte, denn am andern Morgen war der Kamm des Deiches mit eben so zahlreichen Besuchern angefüllt, als Tages vorher.

Als Wilken Sumfleth aus seinem Hause kam, wußte er nicht, was er sagen sollte, und sah geschwind nach dem Eilande, von welchem er gestern feierlich Besitz ergriff. Das Eiland war auch richtig da, allein die Stange schien ihm nicht da zu stehen, wohin er sie steckte, sondern mehr seitwärts und von seiner Gränzmarke möglichst entfernt. Er schüttelte mit dem Kopfe, allein ehe er noch seinem Bedenken Worte leihen konnte, berührte Gerd Hinsch seine Schulter und sagte:

„Das war nichts gestern, Nachbar. Heute ist es besser. Und nun es so steht, siehst Du wohl ein, daß Dein Behrend kein paßlicher Schwiegersohn für mich ist und daß ich höher mit ihm hinaus will, weil ich es dazu habe."

Er deutete dabei mit der Hand nach dem Eilande,

welches er sich durch einen kühnen Griff eroberte, und eilte nach Hause.

Das erste Meisterstück, welches Dierk Külper anfertigte, trugen die neckischen Wellen spielend davon, das zweite aber, daß an Schönheit und Grazie mit seinem Vorgänger wetteiferte, zeigte die Inschrift:

„Hamburger Gebiet. Gerd Hinsch."

Mein oder Dein! Der Kampf war im vollsten Gange.

Er war es. Anfangs zwischen zweien Nachbarn, die im guten Einverständniß mit einander lebten, bis das verhängnißvolle Mein oder Dein wie ein Zankapfel vor ihre Füße rollte. Aber wie im Gebirge die Schneeflocken sich zusammenballen und im Herabrollen zu einer Lawine anwachsen, die Alles mit sich fortreißt, bildeten sich auf dem Eilande zwei Partheien, die sich drohend gegenüberstanden.

Jan Wriede, der Steuermann, entschied sich für Chur-Hannover. Er stemmte seinen Kieler als Marschallstab in die Seite und sammelte seine Getreuen um sich, die er wehrhaft machte zu Wasser und Land.

Claus Harms, der Gastwirth, vertheidigte die Rechte der Stadt Hamburg. Weniger kriegerisch gesinnt, als sein Gegner, zog er es vor, auf dem Wege der Diplomatie zu verhandeln, und ließ alle Versamm=

lungen in seiner Gaststube stattfinden, was zugleich eine sinnige Finanz-Speculation genannt werden konnte, denn er stand Denen am Tapfersten bei, die am meisten von seinem Biere tranken.

Von den Worten schritt man zur That. Reibungen fanden an den Gränzmarken statt und die neu entdeckte Insel, welche sich zweier Columbusse rühmen konnte, gerieth in Gefahr, der Schauplatz eines erbitterten Kampfes zu werden. Wilken Sunnfleth schwur, nicht zu wanken, und leistete den Eid auf den Kieker des ihm verbündeten Steuermannes. Gerd Hinsch spottete seiner Ohnmacht und stützte sich auf seinen Bundesgenossen, den Krüger Claus Harms, der oft in die Lage gerieth, eine gleiche Hülfe für sich wünschenswerth zu finden. Auf beiden Seiten war guter Wille und großer Eifer; die vollen Köpfe und die leeren Kannen bezeugten es.

Ueber die natürlichen Gränzen der Insel war die Kunde von den daselbst stattgefundenen Ereignissen bald gedrungen. Das hochlöbliche Harburger Amt, sowie Ein Edler Rath der freien und Hansestadt Hamburg erfuhr von dem Vorhandensein einer neuen Insel in dem Elb-Archipel, sowie von den Aufregungen, welche das Erscheinen derselben unter den beiderseitigen Unterthanen hervorrief. Beide Staatsgewalten setzten sich in Einvernehmen und nachdem die gehörige Menge Papier in dieser Angelegenheit vollgeschrieben war, einigte man sich über das Verfahren, welches gleich Anfangs vorgeschlagen, aber vielfach bemängelt ward.

Von Seiten des Harburger Amtes erschien der erste Justizbeamte desselben, begleitet von einem kundigen Ingenieur-Geographen. Von Seiten Hamburgs erschien derjenige Herr Senator, welcher die Würde eines Prätors der Marschlande bekleidete, in Begleitung des städtischen Wasserbau-Directors. Beide Herren wechselten die Vollmachten gegen einander aus, versprachen sich amicable Behandlung und sinceres Soulagement, verabredeten ein gemeinsames, vergnügliches Convivium und begaben sich dann an Ort und Stelle, um den Zankapfel in genauen Augenschein zu nehmen.

Aber es wehte nicht mehr die milde Johannisluft, wie in jenen Tagen, da die Insel, welche zum Zankapfel geworden war, nach einem heftigen Gewitter aus dem Strome an das Licht stieg, eine Mischung von Schlick und Kleh, die sich mit einer grünen Decke bezog, als die Sonne darauf zu scheinen begann. Es war eine feuchtkalte October-Brise, die den gestrengen Herren den halbgefrorenen Nebel dermaßen in die Augen trieb, daß sie die Insel nur mit Noth und Mühe entdeckten, obgleich sie nahe davor standen.

Der Beamte von Chur-Hannover, Amtes Harburg, wollte dem Herrn Prätor aus Höflichkeit das erste Wort gönnen, allein Seine Wohlweisheiten nahm es nicht an, sondern behauptete, das Amt zu Harburg habe die gerechtesten Ansprüche darauf, vor allen Andern gehört zu werden, weil Chur-Hannover den größten Theil des norbalbingischen Archipels beherrsche. Das wollte Jener nicht gelten lassen, sondern behauptete, in allen Elb-Angelegenheiten gebühre Hamburg das erste Wort, dieweil die hochansehnliche Stadt um diesen Strom sich die unsterblichsten Verdienste erwerbe, indem sie alle Tonnen und Baaken, sowie alle Leuchtfeuer auf eigene Kosten unterhalte, was nie genug zu rühmen sei.

Bei diesen Worten flog über das verdrießliche Gesicht des Secretairs ein vieldeutiges Lächeln, denn derselbe dachte an das größte Hinderniß der Elbschifffahrt, vor welchem keine Baaken und Leuchtfeuer schützten, nämlich an die Hannoversche Zolljacht zu Brunshausen, die kein noch so geschickter Lootse von der Stelle zu bugsiren verstand.

Während die beiden Herren fortfuhren, sich in dieser Weise zu complimentiren und die Ungedulb der Umstehenden, die nicht dabei betheiligt waren, mit der Minute wuchs, begann der Himmel seine Schleusen zu öffnen und es stürzte ein mit Schneeflocken und Hagelkörnern vermischter wolkenbruchartiger Regen herab, so heftig, daß die Gegend rings umher unter Wasser stand und die hohen Schiedsrichter froh waren, in der nahe gelegen Wohnung des Gerd Hinsch ein Unterkommen zu finden, wo Ilsabe zitternd des Ausgangs harrte und wenig Vertrauen zu den Trostsprüchen ihres geliebten Behrend hatte, der sie in dieser verhängnißvollen Stunde nicht verlassen wollte.

Gerd Hinsch öffnete die Hofthür so weit, daß der Senator und der Justizmann zugleich eintreten konnten und sich nicht erst um den Vortritt zu complimentiren brauchten. Wilken Sumfleth war ihnen dicht auf der Ferse, zum großen Verdruß des Nachbars. Er wollte die gestrengen Herren nicht einen Augenblick allein lassen, sondern drängte sich absichtlich vor, weil er sie durch seinen Anblick günstig für sich zu stimmen glaubte. Wilken Sumfleth hatte eine große Meinung von seiner Persönlichkeit.

Unter Dach und Fach waren die Herren; allein der Regen fuhr fort, in Strömen zu fließen, und der Weg nach dem Wirthshaus, wo der leckere Mittagsschmauß hergerichtet ward, war weit. Da entschloß sich Behrend, sich für die Gäste seines Schwiegervaters aufzuopfern und ein Fuhrwerk ausfindig zu

18*

machen, womit die gestrengen Herren ungefährdet weiter befördert werden könnten. Ehe er indessen ging, wechselte er einige Worte mit seiner Geliebten, die kopfnickend zusagte.

Milde gestimmt durch die Aussicht auf eine baldige Erlösung wandten sich die gestrengen Herren an die Väter, von denen sie wußten, wie sehr sie bei der Sache betheiligt waren. Allein bevor diese sich einigen konnten, wer von ihnen zuerst das Wort nehmen sollte, faßte sich die Ilsabe ein Herz und sagte in fliegender Hast:

Euer Gestrengen, Herr Senator und Wohlweisheiten, Herr Justiz, das ist Alles nichts. Wollte, die Insel wäre gar nicht da, dann hätte ich meinen Bräutigam noch. Und wenn Wohlweisheiten, Herr Justiz, nicht Sein Wort dazu giebt, kriege ich ihn im Leben nicht wieder."

Lächelnd über die seltsamen Prädicate, welche ihnen beigelegt wurden, veranlaßte der Commissair für Chur-Hannover die Väter, die sich dazwischen legen wollten, zum Stillschweigen und der Prätor der Marschlande forderte seinerseits die hübsche Dirne freundväterlich auf, ihr Herz vollends auszuschütten und auf einen milden Spruch zu hoffen.

Das that nun die Ilsabe rechtschaffen, und den

gestrengen Herren wurde Nichts erlassen von der Idylle von Finkenwerder, worin die Hollunderhecke die größte Rolle spielte, nebst der Insel, die jeder der Väter für sich beanspruchte und sich dadurch für angesehener und für zu bedeutend hielt, um mit dem ärmeren Nachbar in Verwandtschaft zu treten.

Kopfschüttelnd hörten die Gestrengen diese Beichte. Mißbilligend blickte Alt=Hamburg auf die hochmüthigen Väter und Chur=Hannover rüstete sich zu einer salbungsreichen Rede über die Tugend der Uneigennützigkeit, was ihm besonders wohl anstand, als Behrend in großer Aufregung eintrat und laut aufschrie:

„Sie ist weg!"

„Die Kutsche?" riefen die Gestrengen, von der Bank auffahrend, und der junge Mann fuhr fort:

„Die Insel! Mit der Ebbe gerieth sie in's Treiben und dann hat der Strom sie verschlungen. Nun können sie sich nicht mehr streiten und es bleibt mit uns bei'm Alten."

Das Unwetter draußen ging allmählich zu Ende, aber hier drinnen begann es mit verdoppelter Kraft zu toben. Es endete mit einem allgemeinen Aufbruch, und von Regen triefend, langten allesammt auf dem Deiche an, um mit eigenen Augen zu schauen, was der Behrend ihnen verkündete.

Da wurden die Gesichter der Herren Commissaire noch einmal so lang, die sich von Sturm und Unwetter so arg gefoppt sahen, dann aber brachen sie in ein lautes Lachen aus und der Prätor der Marschlande sprach:

„Wir wollen gute Miene zum bösen Spiel machen, Herr College, und Euch, Ihr alten Querulanten, rathe ich dasselbe. Werft Euern Aerger der versunkenen Insel nach und legt die Hände der Kinder in einander, so ist Eure Dummheit wieder gut gemacht."

„Die Kutsche ist da!" rief Behrend. „Und der Krüger läßt sagen, daß die Mittagskost fertig ist."

Da verstummte die ermahnende Rede des Prätors und beide Commissarien waren mit einem Sprunge im Wagen.

Es ist nicht mit Sicherheit festzustellen, ob die Väter der Weisung des Prätors folgten und die Hände der Liebenden in einander legten; allein es ist aus dem Kirchenbuche zu ersehen, daß genau vierzehn Tage nach diesem Vorgange das Aufgebot bestellt wurde.